BIBLIOTHÈQUE POPULAIRE

HISTOIRE

D'UN MEUNIER

ET DE SES ENFANTS

HISTOIRE D'UN MEUNIER

ET

DE SES ENFANTS

Imprimé par Charles Noblet, rue Soufflot, 18.

TELLIER

Histoire d'un Mennier.

4.

HISTOIRE D'UN MEUNIER

ET

 DE SES ENFANTS

PAR

S. HENRY BERTHOUD.

PARIS

RENAULT ET Cie, LIBRAIRES-ÉDITEURS

RUE D'ULM, 48

1861

HISTOIRE

D'UN MEUNIER

ET

DE SES ENFANTS.

CHAPITRE PREMIER.

LE MOULIN.

La Flandre est un beau pays. Vous diriez ainsi que moi, si vous aviez vu son ciel mélancolique, ses champs de blé que le vent bouleverse comme des vagues, ses plaines dorées de colzas ou blanches de féconds pavots.

La Flandre a des collines sur les flancs desquelles pendent des bosquets et des hameaux, où grimpent des sentiers escarpés qui s'allongent

comme de gigantesques serpents; elle a des val-
lées que baignent des fleuves et de riches canaux;
elle a des plaines avec leurs beaux pâturages, des
marais avec leurs nuées de brouillards.

Sur le front des jeunes filles de la Flandre
flotte un voile rouge que le vent gonfle et fait
jouer autour de leur chevelure noire. Et puis il faut
les voir rassembler autour de leur taille les plis
sans fin de la *cape* brune, ou les draperies bigar-
rées du *mantelet*.

Le costume des habitants est encore l'antique
saie des Gaulois; tunique courte, qui étreint la
gorge, tombe librement autour des épaules, et se
termine au-dessus du genou. Une guêtre blanche
et sans boutons dessine leur jambe nerveuse sous
les contours de sa toile forte, et leur main, qu'en-
durcit la charrue, s'appuie sur un grand bâton de
chêne.

Non, vous ne savez point quel plaisir on éprouve
à revoir la Flandre après six années d'absence; à
la revoir durant l'automne, l'automne plus beau
en Flandre que le printemps en d'autres pays!

Laissez-moi vous dire comment alors le feuil-
lage s'empourpre et devient jaune; comment les
blés s'amoncellent en gerbes, comment, dans les
champs à demi fauchés, on aperçoit, près de sa
cabane portative, un berger debout, les bras croisés et le front incliné vers la terre.

Laissez-moi vous dire comment on tressaille

de joie à l'ouïr de quelque virelai naïf des glaneu-
ses, au bruit éloigné d'un moulin, à des voitures
qui roulent loin, bien loin, sans qu'on les aper-
çoive.

Laissez-moi vous dire combien sont tendres,
généreuses et dévouées les jeunes filles de la Flandre, avec leurs joues roses et leurs cheveux blonds;
combien elles sont belles avec leur sourire naïf,
avec les modulations si douces de leur voix qui
conserve longtemps je ne sais quel charme enfan-
tin, et qu'on ne peut exprimer. Vous ne savez
point, du reste, quelle force, quelle énergie et
quelle persévérance elles trouvent pour les objets
de leur affection. Il y a là, dans l'ombre et le silence, plus de vertus sublimes et plus de dévoû-
ments héroïques qu'on ne le saurait dire. Suivant
l'expression de Fénelon, le pasteur et le saint de
la Flandre : « Ce sont des femmes bénies de Dieu,
« qui vivent chastes et ignorées, ainsi que le brin
« d'herbe qui pousse le long d'un mur, et dont la
« fraîcheur réjouit l'œil de celui qui le découvre.
« Laborieuses, propres jusqu'au fanatisme, pieuses
« et résignées, ce sont les plus parfaites garde-
« malades, comme les filles les plus obéissantes et
« les épouses les plus fidèles (1). »

(1) Lettres au duc de Bourgogne.

CHAPITRE DEUXIÈME

LE DÉBIT DE FARINE.

Tous ces embrassements, ces soupirs, ces transports étaient des mystères pour ces pauvres enfants. Ils l'aimaient tendrement, mais c'était de la tendresse de leur âge ; ils ne comprenaient rien à son état, au redoublement de ses caresses, à ses regrets de ne les voir plus. Ils nous voyaient tristes et ils pleuraient. Ils n'en savaient pas davantage.

J.-J. Rousseau. *La Nouvelle Héloïse*.

A peu de distance de Leyde, sur les bords du Rhin, entre les bourgs considérables de Leyendorp et de Koukerk, s'élevait, en 1616, un hameau composé de huit à dix maisons au plus.

Parmi ces maisons, on en remarquait une d'apparence aisée et moins petite que les autres. Là, quatre degrés de pierre s'élevaient en une sorte de perron pour conduire à une porte pres-

que toujours ouverte, et sur les doubles battants
de laquelle étaient ciselées des figures grossières
et bouffonnes. De petits vitraux, attachés entre eux
par d'étroites bandes de plomb, formaient, de
chaque côté de la porte, deux fenêtres en ogives;
enfin, le premier étage, luxe des plus rares aux
bords du Rhin, s'allongeait horizontalement de
deux ou trois pieds au-dessus du seuil. De cette
manière il offrait au visiteur, tandis qu'il gravis-
sait les marches du perron, une protection contre
la pluie ou contre les injures plus redoutables, et
plus imminentes peut-être, de quelques douzaines
de pigeons, voletant de çà et de là sur le pignon
pointu du logis que nous venons de décrire, et
dont l'enseigne gothique complétera cette description :

JACQUES GERRETZ,

MARCHAND DE FARINE.

Dans la première pièce de ce logis, se tenait
assise devant un comptoir de bois blanc, surmonté
de balances et de mesures en cuivre, une femme
qui semblait, au premier coup d'œil, âgée de trente-
cinq ans environ. Plus jeunes, ses traits n'avaient
pas dû manquer de grâce, mais ils portaient à présent les flétrissures irrécusables de la fatigue, de

la maladie, et surtout du chagrin. De larges taches brunes marquaient ses joues amaigries ; ses yeux brillaient d'une flamme étrange qui s'éteignait parfois tout à coup et les laissait vitreux et morts ; enfin ses épaules se portaient en avant et rétrécissaient sa poitrine, qu'une toux sèche et douloureuse venait secouer à de fréquents intervalles.

Malgré un pareil état de souffrance, cette femme ne négligeait en rien les soins de son commerce. Elle pesait ou mesurait avec justesse la farine qu'on venait lui acheter ; trouvait un mot agréable et un sourire pour chacun des chalands, et n'oubliait point de faire remarquer le bon poids qu'elle donnait et l'excellente qualité de sa farine. Néanmoins, une fois la boutique vide, à cette activité fiévreuse succédait un profond abattement. Madame Gerretz se laissait aller sur son siége, ses bras tombaient de chaque côté de ses genoux, et elle restait là, pensive et dans l'immobilité, jusqu'à ce qu'un acheteur nouveau se présentât.

Le soir arriva peu à peu, et avec lui l'absence des habitants de Leyendorp et de Koukerk qui venaient s'approvisionner de farine au hameau. L'obscurité, jointe à une solitude plus complète, accrut encore la mélancolie de la pauvre femme, et ses pensées prirent bientôt une direction tellement sinistre que deux grosses larmes coulèrent le long de ses joues.

C'est qu'elle pensait à sa mort prochaine, et que

la mort est une pensée bien douloureuse pour une mère, pour la mère de quatre enfants.

Elle se leva brusquement et avec terreur; elle marcha vers la porte; elle respira largement comme si elle eût voulu ressaisir de la vie; mais l'air humide du soir qui pénétra dans ses poumons les déchira douloureusement ; une toux convulsive saisit la malade, et après une longue crise mouilla ses lèvres de sang.

A ce fatal témoignage, elle leva les yeux vers le ciel, comme pour lui reprocher tant d'injustice et de cruauté :

— Mes enfants! mes pauvres enfants! murmura-t-elle.

En ce moment un bruit de voix enfantine se fit entendre. Aussitôt madame Gerretz essuya ses lèvres, rajusta ses cheveux, et passant ses deux mains sur son front comme pour en effacer les plis qu'y formaient le désespoir et les douleurs :

— Bonsoir, mes amours! dit-elle du plus loin qu'elle les vit, à un petit garçon et à deux petites filles que ramenait de l'école leur sœur un peu plus grande. Bonsoir! Avez-vous bien été sages ?

— Oh! oui, répliqua la plus jeune, grosse petite fille aux yeux noirs, et qui reçut de sa mère, en échange de ces paroles, un baiser sur ses deux joues dures et fraîches.

— C'est bien, ma Thérèse! très-bien, mon enfant! Et toi, Françoise?

La petite maligne se tenait silencieuse, les yeux
à demi baissés, les lèvres entr'ouvertes par un
sourire discret, et une de ses mains cachée sous
son tablier.

— Tu ne me réponds rien! Serait-on mécontente
de toi?

Soudain et victorieusement, Françoise sortit de
dessous son tablier et éleva en l'air une magnifique image de sa patronne.

— Tiens, regarde! mère! voici ce que le maître
m'a donné pour récompense — et parce que.....

Sa mère ne lui donna pas le temps d'achever sa
phrase, et elle étouffa ses dernières paroles sous
des baisers.

— Et Paul? demanda la mère après cette effusion de joie, et tandis que Françoise rajustait co-
quettement sa jupe et sa gorgerette un peu frois-
sées par l'étreinte de sa mère. Et Paul? ne voudra-
t-il jamais me donner une joie pareille?

Le petit garçon se détourna d'un air triste et
mécontent.

— Ne le gronde point, mère, dit la sœur
aînée, ne le gronde point; car il est fâché de ce
qu'il a fait, et il m'a bien promis d'être plus sage
à l'avenir.

— Qu'a-t-il donc fait encore aujourd'hui,
Louise?

1.

Louise hésitait à répondre.

— J'ai fait, s'écria le petit garçon avec impé-
tuosité, j'ai fait que je ne veux plus apprendre
le latin ; que cela m'ennuie et que je n'y comprends
rien ! J'aimerais mieux vendre de la farine comme
toi, mère ; j'aimerais mieux porter un habit tout
blanc, que de continuer à répéter des mots en-
nuyeux. J'ai reçu le fouet hier ; je l'ai reçu ce
matin... et je le recevrai demain, ajouta-t-il avec
résolution, en se posant hardiment et les bras
croisés, en face de sa mère ; car je ne veux pas
apprendre le latin !

— Vous voulez donc me faire mourir de chagrin, Paul ? vous ne voyez donc pas combien je
suis malade, et que vos mauvaises résolutions
augmentent mes souffrances !

L'enfant se jeta dans les bras de sa mère et se
cacha le visage dans son sein : car il pleurait abondamment.

— Pardon ! oh ! pardon, mère ! Mais, vois-tu,
je ne puis pas apprendre le latin. J'ai beau vou-
loir fixer mes yeux sur le livre, je pense, malgré
tous mes efforts, à autre chose, et quand mon
tour vient d'être interrogé par le maître, je ne sais
comment répondre. Mère, si tu veux être toujours
contente de ton petit Paul, si tu ne veux plus qu'il
te cause de chagrin, jamais jamais, eh bien ! fais
le entrer dans l'atelier de maître Jacques Van-
Zvaanenburg, et tu verras si ce dernier porte la

moindre plainte contre moi. Je deviendrai bientôt, comme lui, un peintre dont on ira voir les tableaux, pour les acheter cher; et avec cet argent, je te donnerai de belles robes, et à Françoise, et à Thérèse, et à Louise aussi : et tu m'aimeras bien comme tu aimes mes sœurs.

— Si j'étais seule maîtresse, Paul, je pourrais peut-être t'accorder ce que tu me demandes ; mais ton père, tu le sais, désire que tu apprennes le latin... Allons, allons, ne pensons plus à cela aujourd'hui ! Venez, mes enfants, que je vous déshabille et que je vous couche.

Disant cela, elle voulut se lever; mais les forces lui manquèrent, et elle faillit tomber.

Il lui fallut se rasseoir.

Louise, les yeux pleins de larmes, vint tout près de sa mère, et lui demanda timidement :

— Si tu voulais, mère, je crois que je saurais bien déshabiller et mener coucher mes petites sœurs et mon frère.

Une rougeur couvrit les joues de madame Gerretz, et elle considéra Louise avec une expression ineffable de joie.

— Essaie, ma fille, dit-elle.

Louise se mit aussitôt à l'œuvre avec prestesse, et comme si jamais de la vie elle n'eût fait autre chose.

Après avoir déshabillé ses deux petites sœurs, après avoir baigné d'eau fraîche leur visage, après avoir peigné soigneusement leurs cheveux, elle les prit toutes les deux par la main et les emmena près de sa mère, pour qu'elle les embrassât.

Paul s'était déshabillé seul, et il était tout fier de cela.

Madame Gerretz, après avoir baisé sur le front es petites filles et Paul, les rendit à Louise qui les mena jusqu'à leur lit, les y déposa, en rajusta exactement la couverture, et revint d'elle-même, et sans que sa mère le lui dît, préparer le souper, dresser la table et le couvert.

Madame Gerretz bénissait le ciel au fond de son âme, et regrettait moins amèrement la vie :

Car désormais les enfants ne resteraient pas sans mère ;

Car le dévoûment et la tendresse avaient fait une femme de la petite fille de quinze ans.

Louise s'acquittait de ces divers soins domestiques avec tant de précautions et si peu de bruit que le demi-sommeil dans lequel s'était affaissée sa mère dura sans interruption jusqu'à l'arrivée d'un homme âgé de quarante-cinq ans environ.

Des qu'elle l'entendit, l'activité de Louise, pimpante et presque joyeuse, se ralentit et devint pour ainsi dire empêtrée. La malade sortit de son assoupissement.

— Bonsoir, femme ! comment cela va-t-il ?

Et sans attendre la réponse de la malade :

Quelle chaleur du diable il fait encore aujourd'hui! Cela n'empêche pourtant pas l'appétit, et j'ai une faim! Le souper est-il prêt, femme?

Louise, immobile et debout, écouta ces paroles avec une profonde tristesse.

Madame Gerretz joignit les mains sur ses genoux comme pour s'armer de toute la résignation qui se trouvait en elle.

— S'il ne l'est point, hâtez-vous de le préparer, reprit cet homme, en marchant à grands pas dans la chambre, sans songer que le bruit de ses talons ferrés, heurtant sur le plancher de sapin, retentissait douloureusement dans le front de sa femme malade.

On lui servit à souper, il mangea longuement avec une grande avidité, et ne s'arrêtant que pour emplir et vider un large verre de forme antique, d'une capacité peu commune, et dans lequel passa toute la bière que contenait un énorme pot de grès à peintures bleues.

Quand il eut fini, madame Gerretz fit signe à Louise de s'éloigner. La jeune fille obéit.

— Jacques, dit-elle ensuite avec effort, mais d'un ton de résolution : c'est à présent le lieu et l'heure d'explications dont cet enfant ne doit pas être témoin. L'instant n'est pas éloigné où vous aurez besoin de tout le respect de votre famille; car votre famille n'aura plus que vous sur la terre, pour la diriger et lui enseigner ses devoirs.

Regardez-moi, Jacques, regardez celle qui vous
a épousé, il y a quinze ans, par amour, et lorsque
vous n'étiez qu'un pauvre garçon de moulin. Regardez celle qui, depuis quinze ans, a souffert de
vous tous les genres de douleurs. Regardez-la,
Jacques ; vous ne voyez donc point qu'elle va
mourir ?

Jacques détourna la tête et prit la main de la
malade.

— Je vais mourir, Jacques, et que deviendra la
petite fortune que je vous avais apportée en dot,
et que j'avais su grossir quelque peu ? Vous avez
perdu l'habitude du travail, Jacques. Il vous est
impossible de vous livrer à une occupation sé-
rieuse. Une active surveillance, une surveillance
de tous les instants nous a lentement enrichis ; le
manque de surveillance nous ruinera prompte-
ment.

Jacques fit un profond soupir, où se trouvait
plus d'impatience que de regret.

—Vous me promettriez en vain de réformer votre
genre de vie, Jacques ! Quand on a perdu l'habitude du travail, rien ne peut la faire contracter de
nouveau.

Et pourtant vous ne pouvez pas laisser dépérir
le bien de vos enfants, et paraître devant Dieu, à
l'heure terrible du jugement, avec une pareille
tache au front.

Il faut vendre nos moulins et notre fonds de

commerce de farine; il faut en placer les fonds d'une manière avantageuse, et sûre avant tout. Le parrain de Louise est un homme sage, et dont les conseils pourront vous être d'une grande utilité dans cette affaire.

Quant à Paul, vous devriez renoncer à en faire un homme de loi. Il semble annoncer du goût pour le dessin, et l'on m'a dit que la peinture était un métier dans lequel on pouvait gagner beaucoup d'argent quand on y réussissait; et puis, cela est honorable. Vous ne vouliez faire de votre fils un homme de loi que pour avoir quelqu'un qui ne fût pas un marchand de village comme nous. Eh bien! qu'au lieu d'être procureur il soit peintre, votre orgueil paternel n'y perdra rien. Ne contrariez pas la vocation de Paul; je connais son caractère : l'aigrir, c'est le perdre. Dites, me le promettez-vous? Puis-je emporter cette consolation avec moi dans la tombe? Dites, et mes dernières paroles seront pour vous pardonner et pour vous bénir.

Elle tendit la main à son mari.

Il dormait.

— Seigneur, fit-elle en élevant les yeux vers le ciel, Seigneur, que vos épreuves sont rudes!

Mais n'importe, que votre volonté soit faite!

Cependant Louise rôdait autour de la chambre de sa mère. Inquiète des résultats que pouvait avoir une pareille explication, elle en attendait l'issue dans une sorte de terreur.

Trop loin pour entendre ce que disait sa mère,
et ne cherchant pas d'ailleurs à le comprendre,
puisque sa mère ne le voulait pas, elle n'en écou-
tait pas moins, avec angoisse et le cœur palpitant,
la voix lente et basse qu'interrompaient de temps
à autre les sifflements d'une toux sèche.

Tout à coup la voix cessa; un gémissement
sembla s'exhaler; et puis plus rien!

Elle hésita; elle vint à la porte pour y frapper,
et n'osa point le faire, retenue par la défense de
sa mère et par la crainte de son père, toujours si
brusque à son égard.

Après quelques minutes qui lui parurent des
siècles, elle se rapprocha de nouveau, et crut entendre parler... Mais non, c'était le vent qui s'engouffrait en hurlant dans la cheminée.

Alors elle eut peur.

Ses joues pâlirent, les jambes lui manquèrent,
et il lui fallut s'appuyer contre la muraille; sans
cela elle serait tombée.

Cette première terreur un peu surmontée, et ne
pouvant résister plus longtemps au doute, Louise
frappa doucement à la porte, mais un coup si
faible qu'elle-même l'entendit à peine.

On ne répondit pas.

Alors elle frappa de nouveau, mais un peu plus
fort.

Rien.

Elle frappe un coup; deux coups; trois coups.

Rien, rien.

Oh! c'est alors que sa terreur se trouve au comble!

— Ma mère! ma mère!

Rien.

— Mon père! mon père!

Rien.

Elle ouvre la porte; elle se précipite dans l'appartement:

Son père dort.

Sa mère aussi... Tant mieux! bonne mère! Qu'elle repose! — Mon Dieu! comme elle est pâle!

Elle est souffrante depuis si longtemps! Oh! une pareille immobilité fait peur.

Quelle folie!

Ah! la voilà qui remue! — Non, c'est la lueur de l'âtre qui se reflète sur son visage.

Sa main et son bras se trouvent à découvert. — Il faudrait les envelopper de ce mantelet.

Comme sa main est froide!..... Mais ses yeux sont ouverts et sa bouche aussi; du sang en découle. Oh! cela est effrayant!

Mon père! mon père! à l'aide! Voyez ma mère!

— Du secours! appelle du secours, Louise! Elle se meurt! Oh! qu'ai-je fait, misérable que je suis! M'endormir ainsi près d'elle! Du secours! Appelle les garçons du moulin! qu'ils aillent à Leyendorp chercher le médecin!

Louise soulevait la tête de sa mère; elle s'efforçait d'étancher le sang qui suintait de ses lèvres béantes : elle cherchait un regard dans ses yeux immobiles ; — seule, et tandis que chacun courait et s'empressait pour chercher le médecin.

Enfin le médecin arriva.

Dès qu'il aperçut madame Gerretz :

— Mon enfant, dit-il à Louise, votre place n'est point ici : vous nous gêneriez dans les soins que je vais donner à votre mère.

Louise sortait lentement et à regret, lorsqu'elle vit le médecin, vieux ami de sa famille, couvrir le visage de madame Gerretz, se mettre à genoux, et réciter une prière dont les premières paroles étaient :

De profundis clamavi ad te, Domine.

CHAPITRE TROISIÈME.

C'EST LEUR MÈRE.

Dieu, en privant Adam et Ève des joies du
Paradis terrestre, chargea les anges du ciel
de veiller sur eux et de les consoler.

THOMAS MORE.

A chacun de leur pas ouvrant un horizon,
Vous aidez les progrès de leur jeune raison,
Et vous avez pour eux, avec eux toujours seule,
Des soins de jeune femme et de prudente aïeule.

FÉLIX DAVIN.
Billet anonyme.—Mystère.

Le lendemain matin, une vieille femme du voisinage qui se trouvait dans l'appartement mor-
tuaire avec la famille de la défunte, se leva du
grand fauteuil où elle sommeillait et alla ouvrir
un des volets de la fenêtre. Soudain la chambre
s'inonda joyeusement de lumière, et les clartés
rouges et tristes de la lampe pâlirent et s'effacè-
rent. A cette vue, les sanglots et les larmes que

la fatigue et l'abattement avaient assoupis recommencèrent de nouveau.

La vieille voisine elle-même, cœur endurci par l'âge et par la misère, se sentit vaguement émouvoir à l'aspect du spectacle funeste qui l'entourait.

Ici, le cadavre étendu sur un lit, et recouvert d'un drap qui en indique sinistrement les formes.

Là, M. Gerretz, les yeux gonflés de larmes, à demi couché sur une table, et cherchant à engourdir ses remords et sa douleur à force de boire et de boire encore.

Plus loin, trois petits enfants qui pleurent.

A côté d'eux, une jeune fille de quinze ans, pâle, frêle, brisée de douleur, qui leur dit de ne pas pleurer, et qui sanglote.

Alors, une nouvelle venue entra.

C'était la femme chargée d'ensevelir le cadavre.

Les quatre enfants se jetèrent sur le corps de leur mère.

— Mère! mère! nous ne voulons pas te quitter! Nous voulons mourir avec toi! Mère! mère! entends-nous! Regarde! nous sommes tes petits enfants.

— Et moi qui lui ai causé hier du chagrin! moi qui l'ai entendue hier me faire des reproches! Toute ma vie je les entendrai, toute ma vie ils me rendront malheureux.

— Mère! mère! ne nous abandonne pas! crièrent ensemble et de nouveau les petits enfants.

Louise, qui trouvait de la force dans le besoin de consoler les autres, voulut emmener ses petites sœurs et son frère.

— Non, sœur, non, laisse-nous! Nous ne quitterons pas maman! Laisse-nous! laisse-nous!

Et ils trépignaient, et ils sanglotaient.

— Qu'est-ce qui sera notre mère, à présent? demanda la petite Françoise.

A cette question, Louise, abîmée dans sa douleur, se leva, et, faisant un geste solennel de la main :

— Ce sera moi, dit-elle.

Il y avait dans la manière dont elle proféra ces paroles un accent ineffable dont tressaillirent les trois enfants.

Leurs larmes s'arrêtèrent; on aurait dit qu'un ange, planant au-dessus de leur sœur, leur montrait Louise du doigt et leur disait : — Voici votre mère.

— Ne voulez-vous pas que je sois votre mère? leur répéta-t-elle.

Ils se jetèrent dans ses bras; elle les attira contre sa poitrine, et leurs pleurs se mêlèrent longtemps.

Quand ils se détachèrent les uns des autres, Paul s'inclina, prit la main de sa sœur, et y déposa un baiser respectueux.

— Petite mère, demanda-t-il, dis-moi ce que tu
veux que je fasse, et je t'obéirai.

— Et nous aussi, dirent Françoise et Thérèse,
entraînées par l'exemple de leur frère.

Louise les remercia par un regard doux et ca-
ressant; puis, en les regardant, elle se laissa tomber peu à peu dans une rêverie profonde et mélancolique.

Tout à coup, elle s'avança vers le cadavre de sa
mère, s'agenouilla près du lit, prononça une
courte et fervente prière, et se pencha sur ces
restes chéris pour les contempler encore une
fois.

Puis elle tira les rideaux du lit, prit ses deux
sœurs par la main, fit signe à Paul de la suivre,
et dit à l'ensevelisseuse, sans larmes et d'une voix
ferme :

— Remplissez votre devoir, madame.

Durant tout le reste du jour, rien ne démentit
cette fermeté, et pourtant elle fut mise à de bien
rudes épreuves.

D'abord il lui fallut mener coucher de force son
père plongé dans la plus déplorable ivresse. Elle
s'y prit avec tant d'adresse et de soins que personne ne s'aperçut de l'état de M. Gerretz, et que,
partant, personne ne l'accabla du mépris qu'il
méritait.

— Je vous remercie, mon Dieu, dit-elle à voix
basse, quand elle eut refermé la porte de la cham-

bre à coucher de son père et qu'elle en eut pris
la clef; je vous remercie, personne ne le saura.

Elle descendit ensuite dans la maison, réprima
tous les petits désordres qui déjà s'y étaient in-
troduits, et donna ses instructions à chacun des
domestiques d'un ton doux et posé, mais qui
commanda l'obéissance dès la première parole.

Puis, rassemblant les clefs éparses en diverses
mains, elle les réunit en un trousseau qu'elle attacha à sa ceinture, et se fit désigner les provisions
nécessaires aux besoins des parents qui, suivant
l'usage du pays, allaient venir pour assister aux
funérailles. Elle écouta les réponses qu'on lui fit,
adopta les observations justes, démontra l'inutilité
des demandes exagérées, et voulut que tout au
logis se trouvât rangé de manière que les arrivants
fussent reçus convenablement. Bien des fois, durant ces soins, le cœur fut près de lui faillir ;
mais elle combattit avec courage contre cet abattement.

— Ma mère me regarde du haut des cieux, pen-
sait-elle.

Néanmoins il y eut un moment où le désespoir
la reprit avec violence; ce fut lorsqu'elle entendit
les coups de marteau résonnant sur la bière. Elle
s'affaissait presque évanouie, quand ses petites
sœurs qui, elles aussi, avaient été frappées du
bruit sinistre, se mirent à crier et appeler :

— Louise! petite mère Louise!

Alors par un effort inouï et pour lequel Dieu sans doute prêta son aide à la frêle jeune fille, Louise, pâle et chancelante, arriva jusqu'aux enfants, tomba sur ses genoux et leur fit signe de l'imiter.

Louise pria longuement et retrouva des forces dans la prière :

Car la prière console et fortifie : la prière, divine alliance entre Dieu et l'homme; la prière, que les anges portent sur leurs ailes aux pieds du Très-Haut, pour revenir ensuite épancher le calme et le courage sur le front de celui qui intercède.

Heureux celui qui peut prier !

CHAPITRE QUATRIÈME.

AVENIR.

Miserere meî, Deus. — Secundum magnam misericordiam tuam.

PSAUMES DE DAVID.

Le désespoir est d'abord une fièvre ardente dont les tortures exaltent et produisent une énergie factice : tant que dure un pareil état, les résolutions les plus difficiles et les plus dévouées deviennent faciles et sont comptées pour rien.

Mais cette première crise passée, l'affaissement succède à l'exaltation, la faiblesse à l'énergie.

2

Alors on recule devant les résolutions que l'on a prises; on plie sous le fardeau dont on s'est chargé; on se croit incapable de supporter l'un et d'exécuter les autres. On doute de soi. On pleure.

Ainsi pleurait Louise, lorsque, pauvre jeune fille à peine sortie de l'enfance, elle se trouva perdue et seule dans la vaste maison que semblait naguère remplir l'activité de sa mère; lorsque apparurent devant elle les soins sans nombre, les inquiétudes et la responsabilité de sa vie à venir.

— Jamais je ne le pourrai! jamais je ne le pourrai! disait-elle en pleurant avec amertune, et tombant sans force et sans résolution dans le grand fauteuil de sa mère.

Et pourtant que devenir?

Son père est incapable de s'occuper de la moindre affaire.

Le manque de surveillance amènera bientôt le désordre dans la maison.

L'éloignement des chalands sera la conséquence naturelle de ce désordre.

Et puis la gêne! et puis la misère!

Non, non; il faut prévenir de pareils malheurs! il le faut! Allons, point de faiblesse; du courage. Dieu la protégera; Dieu ne l'abandonnera point : il prendra pitié d'elle, pitié de son frère et de ses sœurs. Dieu écoutera les prières que lui adressait, pour sa famille, la pauvre mère qu'il vient d'appeler au ciel.

Sa mère ! oh ! pourquoi n'est-elle plus là ? pourquoi a-t-elle laissé de la sorte sa fille abandonnée et seule au monde !

Ma mère ! ma mère ! Oh, ma mère !

Peu à peu ce souvenir cruel dégénéra en une tristesse douce et résignée. Louise se leva, essuya ses larmes, et appela la servante du logis et les trois garçons du moulin. A ceux-ci elle donna des ordres clairs, précis et raisonnés, à l'autre elle fit savoir par quels soins du ménage elle devrait occuper sa journée ; à quelle heure il fallait que le dîner se trouvât prêt, et de quels mets il se composerait. Ensuite elle monta dans la chambre où dormaient son frère et ses sœurs, les embrassa sur le front, comme sa mère en avait l'habitude, prit soin d'habiller les deux petites filles, et les fit conduire à leur école. Cela terminé, elle se rendit dans la boutique, et se mit à servir de la farine à ceux qui venaient en acheter.

Il fallait la voir, imitant sa mère, sourire à tous, les accueillir par quelque parole bienveillante, et leur faire promettre de ne point abandonner l'orpheline. On s'en retournait émerveillé et le cœur ému ; les mères surtout ; et chacun se promettait bien d'être en aide au dévoûment courageux de la jeune fille.

Vers l'heure du dîner, c'est-à-dire quand midi

sonna, M. Gerretz vint se mettre à table avec son
insouciance ordinaire : ni plus triste, ni plus gai
que de coutume, et comme si la mort n'eût point
passé sur sa maison. Il dîna sans proférer une
parole : seulement, à la fin du dîner, il dit à la
servante de lui apporter une bouteille de vin du
Rhin.

Or, du vivant de madame Gerretz, on ne buvait de
ce vin que le dimanche.

— Mon père, fit observer Louise avec courage,
mais d'une voix qui tremblait cependant, ce n'est
point aujourd'hui dimanche.

M. Gerretz jeta sur elle un de ces regards
ternes, ordinaires à ceux que dégrade l'ivrognerie.

Puis il saisit le large pot de grès où moussait
de la bière, et il s'en versa de nouveau une pleine
rasade.

Ensuite il se leva de table et prit lentement la
route du moulin, ainsi qu'il avait coutume de
le faire; résigné à se laisser conduire par sa
fille, comme il s'était laissé conduire par sa
femme.

Lorsque Louise eut desservi la table et tout remis
en place, suivant l'habitude de sa mère, elle appela
Paul, et prenant dans ses mains les deux mains du
jeune garçon :

— Paul, dit-elle, écoute-moi, car tu es d'âge
à me comprendre. Je sais combien ton cœur a de

bonté; d'ailleurs, tu n'es pas un enfant ordinaire, et puis le chagrin avance la raison.

— Parle, ma sœur, répliqua Paul en attachant ses deux grands yeux noirs sur les yeux bleus de Louise.

— Eh bien! reprit-elle, nous demanderons tout à l'heure à notre père de t'envoyer à Leyde, pour y apprendre la peinture chez maître Jacques Van Zvaanenburg.

— O ma sœur, ma bonne petite sœur! s'écria Paul en se jetant dans ses bras et en la serrant avec effusion contre sa poitrine.

— Tu le vois, Paul, ce n'est point une résolution de peu d'importance que ce que nous allons faire, mon enfant. C'est aller contre les premiers projets de notre père qui ne manquerait pas de me le reprocher avec une juste amertume, si des résultats heureux ne me justifiaient; c'est dépenser beaucoup d'argent, et nous sommes pauvres; c'est t'abandonner à toi-même; enfin, Paul, c'est me séparer de toi. Et pourtant, après une perte cruelle, on comprend mieux tout ce qu'il y a de bon et de nécessaire dans les liens de la famille.

Paul baisa respectueusement la main de Louise.

— Ecoute, sœur, j'ai là quelque chose qui me dit : Pars, et ta sœur s'en réjouira un jour. Fais-moi donc partir; et si jamais je te cause un seul chagrin, appelle-moi méchant et ne m'aime pas,

2.

car je serais le plus méprisable ingrat de la terre.

— Si notre père consent à ton départ, nous partirons demain matin : c'est dimanche, et les soins de la boutique ne me retiendront pas au logis. J'examinerai tout par moi-même. Je te conduirai moi-même chez maître Van Zvaanenburg ; et puis ce sera un jour de plus à être ensemble.

Elle pleurait en disant cela.

— Mais c'est pour ton bien, et il faut du courage, Paul. Ainsi donc, allons rejoindre notre père, et tâchons d'obtenir son consentement ; tiens-toi prêt pour demain matin.

Jacques Gerretz, un grand bâton à la main, se promenait dans les champs et aux environs de son moulin, lorsqu'il vit arriver à lui Louise et Paul.

— Mon père, dit Louise, en s'asseyant sur un tertre, et en attirant dans ses bras Paul qui tremblait, nous venons vous demander une grâce.

— Et laquelle, fit M. Gerretz, qui, posant à terre son grand bâton, attacha sur les deux enfants des regards sévères ; je croyais que mademoiselle Louise donnait des ordres, mais ne demandait pas de grâce ?

— Mon père, répondit la jeune fille, les yeux pleins de larmes et d'un ton suppliant ; mon père, serais-je assez malheureuse pour vous avoir offensé ?

— Je ne dis pas cela, et vous êtes une bonne fille. Voyons, répliqua Gerretz ému de la douleur de Louise, il ne faut pas prendre au sérieux ce que je vous dis, et vous en affliger; c'est moi qui ai tort, et je ne méritais ni une fille comme toi, ni une femme comme celle que j'ai perdue. Voyons, mon enfant, que veux-tu?

— Paul, mon père, ne voudrait plus apprendre le latin.

— Et que veut-il faire?

— Entrer comme élève chez un peintre de Leyde.

— Oui-dà; eh bien! qu'il y aille. Cela est contraire à mes projets; mais quand bien même je m'y opposerais, vous finiriez toujours par me faire faire votre volonté. Qu'il parte donc pour Leyde, qu'il aille chez son peintre, et qu'il tâche de s'y bien conduire... Mais j'aperçois là-bas maître Antoine Vandermoust, le marchand de lins. Ohé! compère, ne voulez-vous pas venir boire avec moi une bonne *triboulette* de bière?

Et il s'éloigna avec le marchand de lins.

Après avoir renvoyé son frère, Louise rentra au logis, et fit apporter du grenier un coffre qu'elle emplit de linge et de vêtements, non sans visiter chaque objet et sans remettre en état ce qui ne l'était point. Quand il ne resta plus ni maille à ravauder, ni un bouton à raffermir, elle prit la clef du coffre et s'en alla chercher elle-même à l'école ses deux petites sœurs.

C'était une joyeuse surprise que leur faisait de temps en temps leur mère, quand elle vivait.

◆

Avant de continuer ce récit, il faut que je vous dise quelques mots sur le maître chez lequel Louise veut conduire son frère,—sur Jacques Van-Zvaanenburg.

L'histoire de Jacques Van-Zvaanenburg n'a rien du reste que d'ordinaire ; c'est à peu près l'histoire de tous les hommes quant au fond, seulement elle fait exception quant aux résultats.

Il y a deux sortes d'organisations :

L'une abâtardie par une pernicieuse éducation ; molle, tiède, insoucieuse, et sur laquelle glissent, en l'effleurant à peine, les déceptions que subit inévitablement un homme à mesure qu'il entre dans la vie.

Ceux que l'éducation et la nature ont faits de la sorte perdent peu pendant le trajet, parce qu'ils ont peu à perdre, et parce qu'ils comptaient sur peu. Partis sans l'enivrement d'espérances sublimes, ils continuent leur marche avec indifférence, sans porter des regards d'effroi en avant, sans retourner la tête en arrière avec des souvenirs pleins d'amertume.

D'autres, au contraire, ardents, sensibles, le cœur débordant de poésie et d'espérance dès les premiers pas, se brisent contre les déceptions et ne peuvent plus se relever. Ils se traînent à l'écart et dans l'ombre : les yeux secs, la poitrine serrée, ils ricanent à ceux qui courent au devant des écueils, et leur crient : « Misérables insensés ! »

Maître Jacques Van-Zvaanenburg était dans cette dernière catégorie.

Élevé par sa mère, sa sainte et bonne mère, veuve à vingt ans d'un mari qu'elle aimait comme savent aimer les femmes de la Flandre, Jacques était arrivé à l'adolescence sans connaître autre chose qu'une existence entourée de soins, de caresses et de craintes; une existence qui commençait le matin par un baiser sur le front et qui finissait le soir par un baiser sur le front. Appuyé sur une tendresse sans bornes, ineffable, toujours croissante, qui dépassait toutes les espérances et tous les besoins de son cœur (car plus on l'inonde de tendresse, plus le cœur en éprouve le besoin et le désir), Jacques n'avait vu dans l'amour d'une jeune fille, belle comme un ange, que du bonheur de plus !

Hélas !

Et pour cette jeune fille, l'insensé quitta sa mère; il sacrifia ses travaux bien-aimés d'artiste;

il laissa ses espérances de gloire. Attaché aux pas
de sa maîtresse, il la suivait de ville en ville; pauvre, quelquefois sans pain, réduit quelquefois aux
travaux les plus humiliants pour vivre ; mais du
moins la voyant et en recevant de loin un sourire.
Car elle était riche, elle était de haute naissance,
mais elle avait oublié son nom et son rang pour
lui; elle lui avait dit : « Je vous aime, Jacques. »
Et dans la foi de ces paroles, le pauvre Jacques
avait tout quitté, tout jusqu'à sa mère.

Un jour, de riches carrosses emmenèrent à
l'église une noble fiancée : une fiancée qui ne
pleurait pas, mais qui souriait à son jeune et
noble époux, comme elle souriait naguère à
Jacques.

Jacques revint près de sa mère; car, se disait-il,
je souffrirai moins en pleurant, ma tête cachée
dans ses genoux ou le front appuyé sur son sein.
Elle comprendra mes douleurs et elle les soula-
gera. Dieu soit encore béni, malgré les rudes
épreuves qu'il me fait supporter, car je ne suis pas
seul au monde, puisqu'il me reste ma mère pour
m'aimer, et que l'amour d'une mère ne trompe
point, celui-là !

Il se pressa donc d'arriver : quand il se trouva
devant la porte du logis de sa mère, lorsqu'il en
tira joyeusement la sonnette, il avait oublié toutes
ses souffrances, et des larmes, de douces larmes
revenaient mouiller les yeux de l'infortuné qui

,n'avait point pleuré depuis trois mois; car, hélas !
il y a des douleurs sans larmes.

Sa mère était morte.

On crut que Jacques était devenu fou , car, une
année entière, il s'enferma dans la maison de sa
mère, et ne voulut voir personne, ni se laisser
voir de personne. Une vieille servante venait lui
déposer des aliments sur le seuil de sa chambre.
Quelquefois ces aliments restaient là trois jours
sans que l'on y eût touché.

Un matin, Jacques Van-Zvaanenburg sortit de sa
maison, et alla prier sur la tombe de sa mère :
puis, après une longue et fervente prière, il entra
chez un marchand de couleurs, acheta des toiles
et une palette, paya et retourna s'enfermer au fond
de sa maison.

Personne de la ville n'avait reconnu dans cette
figure pâle, maigre, austère, à barbe blanche et à
cheveux blancs, le jeune homme à qui sa démarche
élégante, une moustache noire et un œil de feu
valaient un sourire de toutes les jeunes filles.

Jacques, à défaut de croyances tendres, voulu'
se donner la foi ardente et âpre de l'art ; mais
l'art dédaigna une âme qui ne venait à lui qu'a-
près avoir essuyé les rebuts d'une autre passion,
— ou plutôt cette autre passion avait trop flétri,
trop desséché, trop rendu inféconde l'âme de Jacques, pour que l'art pût y croître énergique et
sublime. Épuisé par les luttes du désespoir, sans

confiance en lui-même, et à force de déceptions,
il manquait de persévérance dans ses essais,
comme de hardiesse dans ses tentatives : or, l'art
ne vit que par la persévérance et par la hardiesse
On sentait, en voyant ses tableaux, que Van-Zvaanenburg aurait pu mieux faire s'il avait osé davantage, et qu'il restait en deçà de son talent par
défiance. Aussi l'homme qui ne faisait qu'un peintre médiocre était-il le maître de peinture le plus
célèbre de l'école flamande ; aussi de tous les côtés
lui arrivait-il de nombreux élèves qui sollicitaient,
comme une faveur, leur admission dans son atelier.

Mais ce n'était point chose facile que cette admission, car Jacques Van-Zvaanenburg était bien
le plus bizarre et le plus capricieux des artistes
qui jamais eussent ouvert un atelier. La conscience
de sa médiocrité en peinture, et l'impossibilité de
sortir de cette médiocrité, étaient venues se joindre au ressentiment de ses anciennes douleurs et
rendre son humeur encore plus chagrine. Une
expression presque odieuse de sarcasme contractait sa figure, et ajoutait, s'il est possible, de l'a-
mertume aux persiflages dont il harcelait ceux de
ses élèves qu'une fausse vocation amenait dans son
atelier. Il ne leur laissait aucune illusion; il leur
montrait sans précaution, sans préambule, sans
restriction, à nu, leur incapacité; heureux encore
lorsqu'il ne les renvoyait pas ignominieusement

en présence de tous les autres. Au rebours, il prodiguait des soins continuels aux élèves chez lesquels il devinait le feu sacré, mais il apportait dans ces soins la même rudesse et la même dureté. Il détruisait sans pitié les espérances prématurées auxquelles ils se livraient, et ne leur laissait aucune des joies que la jeunesse fait fermenter dans des têtes de vingt ans. Les voyait-il rêver au fond de l'avenir, de la fortune, des honneurs et de la gloire, aussitôt maître Van-Zvaanenburg leur citait Homère mendiant, Ovide exilé, le Tasse fou, et les peintres les plus célèbres méconnus et dans la misère. Puis, avec une sorte de cynisme, il racontait à ceux dont les progrès rapides enflammaient l'imagination de quelle sorte, lui, il s'était cru aussi du génie, et comment, arrêté court par un pouvoir mystérieux, il n'avait pu déployer ses ailes et prendre son essor jusque-là où il en sentait la force en lui-même. Si bien que ses élèves l'appelaient entre eux *Satan*, et qu'ils désignaient l'atelier par la dénomination de *purgatoire*.

Mais, nous l'avons dit, le maître avait une manière si victorieuse de démontrer et de faire sentir l'art, en dépit de ses étranges boutades ; il forçait d'avancer si rapidement ceux qui pouvaient avancer, que, de toutes parts, lui arrivaient des élèves. Quand à force de sollicitations, et quelquefois par ruse, on arrivait jusqu'à lui afin de lui adresser une demande d'admission, il fallait se résigner à

3

d'incroyables épreuves et aux avanies de tout l'atelier qu'encourageait alors le maître. Malheur à qui manquait de patience pendant l'initiation ! On le renvoyait impitoyablement et aux acclamations de tous, comme insociable et sans patience.— Or, disait gravement au néophyte maître Van-Zvaanenburg, sans la patience, il n'est point de peinture possible.

La pauvre Louise n'aurait sans doute pu ni arriver jusqu'au peintre, ni obtenir de lui la faveur qu'elle en attendait; timide et sans expérience, les premières difficultés l'eussent découragée. Mais sa mère, sur la tombe de laquelle elle avait prié avant son départ, veillait sur elle et la protégeait, et un incident heureux vint rendre facile une entrevue favorable avec maître Van-Zvaanenburg.

On va voir comment.

CHAPITRE CINQUIÈME.

RENCONTRE.

Dieu laissa-t-il jamais ses enfants au besoin
Aux petits des oiseaux il donne leur pâture,
Et sa bonté s'étend sur toute la nature.

RACINE, *Athalie.*

A quelque distance de Leyde, la petite char-rette, conduite par un garçon meunier, et dans laquelle se trouvaient Louise et son frère, fit rencontre d'un homme sanglant étendu sans con-naissance, au milieu du chemin. Louise mit aus-sitôt pied à terre, ranima le malade, voulut à toute force qu'il montât dans la charrette, et con-tinua sa route à pied.

Maître Van-Zvaanenburg, assis près de cet endroit, au pied d'un arbre, vit cela, et sentit, pour la première fois, depuis bien longtemps, une larme, humecter ses yeux.

Puis il se leva sans affectation, s'approcha de la jeune fille et lui adressa quelques paroles. Louise lui répondit avec candeur, et peu à peu le mit au fait des motifs de son voyage.

A cette confidence, le visage de Van-Zvaanenburg se rembrunit, et, jetant un regard sévère sur Paul, le vieux peintre ne desserra plus les dents. Un quart d'heure après, les voyageurs passèrent devant une forge de maréchal, qui jetait, au fond d'une voûte sombre, de rouges et splendides lueurs sur les faces brunes des ouvriers. L'enfant s'arrêta tout court, et joignant les mains avec extase :

— Oh! Louise, regarde, s'écria-t-il! regarde quels admirables jeux de lumière! La vigoureuse expression que ces reflets donnent à ces visages pâles !

— Saurais-tu dessiner cette scène? demanda d'un ton incrédule le taciturne voyageur.

Paul prit un crayon, et en quelques instants il traça un croquis, imparfait sans doute, mais où se trouvaient sentis et reproduits avec justesse les principaux effets.

— Jeune fille , dit le peintre , vous n'avez pas besoin d'aller plus loin; je suis maître Van-Zvaa-

nenburg, et j'admets, dès ce moment, votre frère
dans mon atelier. Allez apprendre cette nouvelle
à votre mère.

— Ma mère! répéta douloureusement Louise,
ma mère! elle est au ciel.

— Oui, ajouta Paul, elle est au ciel, et c'est
Louise à présent qui est notre petite mère.

Quelques questions de maître Van-Zvaanenburg
lui eurent bientôt appris les malheurs de Louise,
sa position difficile et son courageux dévoûment.

Il l'embrassa sur le front, et lui répéta qu'elle
ne devait point avoir d'inquiétude sur le sort de
son frère qu'il traiterait comme son propre fils.
Et puis après avoir fait déposer le blessé dans
une auberge, et en avoir payé la dépense pour
plusieurs jours, jusqu'à ce qu'une guérison complète permît de le renvoyer, il se sépara de Louise,
emmena Paul, et chemina d'un pas léger vers
Leyde. Il respirait à l'aise; il se sentait meilleur;
sa misanthropie, moins âpre, semblait chassée
loin de lui par la rencontre qu'il avait faite,
comme les démons sont éloignés par les anges.

C'est que le dévoûment de Louise lui avait rendu
la plus douce des croyances, — une croyance
sans laquelle il n'est point de joie ni de vertu possible :

La croyance aux femmes.

CHAPITRE SIXIÈME.

LES ENFANTS PERDUS.

> Entendez-vous, ma sœur, le vent mugit à travers les arbres, et les loups grondent. Il faut nous taire. Il faut nous blottir au pied d'un arbre, il faut attendre que le jour revienne, avec son beau soleil qui fait voir clair, et qui n'est pas comme cette vilaine nuit qui empêche de retrouver son chemin.
>
> BURGER, *Durant la nuit.*

Aux douleurs convulsives d'une séparation succèdent d'ordinaire un accablement moral et une prostration physique qui produisent une tristesse profonde, mais qui, peu à peu, deviennent moins intolérables.

D'abord quelques larmes mouillent encore, d'intervalle en intervalle, les yeux qu'elles ont gonflés, fatigués, endoloris : la poitrine, qui semble brisée, s'entrecoupe de soupirs et se contracte de spasmes fréquents : on éprouve dans tous les nerfs des ressentiments vagues, comme par un temps d'orage, et le front appesanti s'enveloppe d'une sorte d'assoupissement. Les pensées participent à cet étrange bien-être : peu à peu leur énergique désespoir se dénature en mélancolie, et si les cahots d'une voiture secouent le corps de celui qui part, tandis que les bruissements des roues assourdissent son imagination, il en provient un état qui participe à la fois du sommeil et de la veille ;—dont on souffre, mais dans lequel on aime à se sentir plongé ; — qui enveloppe et qui soulage, comme les chants d'une mère endorment et consolent l'enfant qu'elle tient dans ses bras et qu'elle berce sur ses genoux.

Telles furent les sensations de Louise durant le trajet de Leyde au hameau de Leyendorp. Tandis que le garçon meunier, assis sur le devant de la charrette, sifflait en conduisant ses deux gros chevaux de labour, et les excitait de temps à autre au bruit de son fouet, elle, à demi couchée au fond de la voiture, sur quelques paquets et sur de la paille, sentait mille pensers tristes et divers tourbillonner autour de son front sans qu'il s'en arrêtât aucun devant elle : sa mère perdue à jamais, Paul éloigné, son père sans cesse ivre, ses deux petites sœurs, les soins de la boutique, le passé, le présent, l'avenir, des inquiétudes, des

projets, des craintes, s'agitaient, se mêlaient, se
confondaient; fantômes sans cesse évanouis et
sans cesse renaissants, toujours bizarres, grima-
çants, bruissants. Et ajoutez qu'il faisait une nuit
profonde et noire; que la voiture marchait vite, et
que parfois, mais rarement, la lumière de quelques maisons qui se rencontraient sur la route
venait jeter leur lueur fauve sur les yeux éblouis
de la jeune fille. Ajoutez que le froid humide du
soir pénétrait ses membres délicats et les pressait
de ses étreintes, et vous comprendrez l'espèce de
somnambulisme dans lequel Louise se trouvait,
lorsque la voiture, après plusieurs heures de trajet, s'arrêta devant la maison que nous avons dé-
crite au commencement de cette histoire.

— Ohé! ohé! cria le conducteur, surpris de ne
voir venir personne au bruit du chariot et au cla-
quement de son fouet. Ohé! ohé! ouvrez-moi donc
la grand'porte.

Personne ne répondit.

— Dorment-ils donc tous! par saint Vaast!
Ohé! ohé!

Personne ne répondit.

Mécontent et grommelant, il descendit de la
charrette pour frapper rudement, du manche de
son fouet, contre la porte, trois coups séparés par
un bref intervalle.

Ces trois coups résonnèrent avec énergie.

L'écho seul les répéta au milieu du profond si-

3.

lence qui régnait partout. Et puis, quelques instants après, un chien du voisinage mêla un hurle-
ment lamentable aux nouveaux efforts du domestique pour se faire ouvrir.

Louise frissonnait d'épouvante.

Enfin, rassemblant toutes ses forces, elle descendit de la voiture, et cria :

— Ouvrez! ouvrez! c'est moi.

Personne ne répondit.

— Sainte Vierge! mademoiselle, dit le vieux
garçon meunier, pâle et d'une voix tremblante;
qu'est-ce que cela veut dire?

Louise ne put trouver la force de lui répliquer.
Il frappa de nouveau.

Personne ne répondit.

— Oh! j'ai peur, fit-il en se signant.

Sur ces entrefaites, des bruits vagues commen-
cèrent à se faire entendre au loin et des torches
brillèrent dans l'obscurité profonde. Ces bruits
devinrent plus distincts, les lumières se rappro-
chèrent, et Louise reconnut son père et toutes les
personnes de la maison et du voisinage, qui, dans
une grande agitation, parcouraient le bois et les
routes qui l'avoisinaient.

— Il y a un grand malheur ici, Antoine. Courez, au nom du ciel, courez pour questionner
quelqu'un.

Cependant on entendait plus distinctement ce
qu'ils se disaient :

— N'avez-vous rien découvert?

— Rien! C'est un événement épouvantable.

— Il faut y renoncer.

— Y renoncer! criait M. Gerretz, à qui cette fois l'ivresse n'ôtait pas l'énergie; renoncer à retrouver mes enfants perdus dans les bois!

— Perdus dans les bois! répéta douloureusement Louise; perdus dans les bois! Oh! c'est à en mourir! Mon Dieu! mon Dieu! n'aurez-vous donc pas pitié de moi?

Puis s'armant de sang-froid et d'un courage surnaturel:

— Depuis quand ont-ils disparu?

— Depuis midi environ.

— Comment?

Ils étaient sortis pour aller cueillir de la bruyère et ramasser des glands dans le bois. Ils avaient bien promis de ne pas s'éloigner.

— Quand s'est-on aperçu de leur disparition?

— A la nuit close.

— Vous êtes-vous entendus pour explorer chacun une partie différente du bois?

— Non: et voilà ce que nous aurions dû faire. Comment n'y avons-nous pas songé? Nous allions au hasard.

— Eh bien, par pitié, faites ce que je vais vous dire. Vous êtes douze: séparez-vous chacun à une distance de deux cents pas, et entrez dans la forêt en marchant tout droit devant vous et en je-

tant des cris. Après avoir crié, vous vous arrête-
rez ; vous prêterez l'oreille, et au moindre bruit,
aussitôt allez droit où vous l'entendrez. Mon père
et moi nous allons entrer dans ce taillis. En marche donc, et que Dieu vous bénisse pour l'aide
que vous nous donnez.

Ranimés par l'énergie de Louise, tous se remi-
rent en route.

Louise prit la main de son père, qui pleurait,
et ils pénétrèrent dans le bois.

Ils marchèrent plus d'une heure sans que le
moindre bruit parvînt à leurs oreilles, si ce n'est
le murmure des arbres dans lesquels s'engouffrait
le vent, et le frissonnement des feuilles sèches
qu'ils foulaient aux pieds.

Tout à coup Louise s'arrêta ; elle fit un signe
de silence à son père.

— Sainte Vierge ! un gémissement au loin ! Ce
n'est point une illusion. Il se répète. Par ici, mon
père ; par ici.

Tous les deux coururent à travers les buissons
et sans prendre garde aux rameaux qui les frap-
paient au visage, ou qui déchiraient leurs pieds.
Hélas ! ce qu'ils prenaient pour une plainte n'était
que le chant funèbre d'une orfraie, qui s'envola
pleine d'épouvante à l'éclat de la torche.

Épuisée, Louise tomba sur ses genoux.

Son père ficha la torche entre deux grosses
pierres, et s'assit près de sa fille, en s'efforçant

de réchauffer dans ses mains les mains raides et bleues de la pauvre enfant.

Pour cette fois, il ne restait plus de courage à l'infortunée. Elle se laissait aller à son désespoir; elle aurait voulu mourir, afin que tout fût fini.

— Et dire que je suis la cause de cela! soupira M. Gerretz; dire que c'est mon manque de soins et ma funeste habitude d'ivrognerie qui me coûtent la vie de mes deux enfants!

Louise ne lui répondit pas.

— Nous ne pouvons pourtant pas rester ici. Viens, Louise!

Elle voulut se relever, mais les forces lui manquèrent; elle retomba sur ses genoux.

— Allons, Louise, un peu de courage; toi qui en as tant.

Elle essaya un nouvel effort aussi infructueux que le premier.

— Elle ne peut faire un pas, dit M. Gerretz. Je vais la prendre dans mes bras. Viens, Louise.

Et comme il la soulevait, il heurta la torche, qui tomba et s'éteignit.

— Par tous les diables de l'enfer, s'écria M. Gerretz, elle est éteinte, et me voilà perdu jusqu'au jour avec cette enfant mourante! Le ciel me punit bien cruellement et en une seule journée des torts de toute ma vie.

Le lendemain matin, M. Gerretz, pâle et se

soutenant à peine, revint au logis, avec sa fille sans connaissance, dans ses bras.

Un de ses voisins venait de ramener ses deux enfants.

L'un était un cadavre.

On désespérait de ranimer l'autre, qui ne donnait que de faibles signes de vie.

CHAPITRE SEPTIÈME.

DIX ANS APRÈS.

Sentir, sans les compter, dans leur ordre paisible,
Les jours suivre les jours, sans faire plus de bruit
Que le sable léger dont la fuite insensible
Nous marque l'heure qui s'enfuit.....

LAMARTINE.

L'automne, si majestueux et si mélancolique aux bords du Rhin, l'automne avec ses tempêtes qui rendent meilleures la flamme de l'âtre et la paix du logis, l'automne avait ramené maître Van-Zvaanenburg de la petite ferme où d'habitude il passait la belle saison.

Mais avant de reprendre possession de son atelier, avant d'y rassembler chaque matin ses élèves, avant de pouvoir y réaliser sur la toile les études qu'il avait amassées durant ses longues promenades et en face de la nature, il lui avait fallu voir s'écouler quatre jours. C'est que, voyez-vous, trois femmes, trois Flamandes, s'étaient emparées de la maison, qu'elles balayaient, frottaient, lavaient, écuraient, ciraient et paraient du haut jusqu'en bas. L'eau coulait de tous les côtés; on ne pouvait faire un pas sans s'exposer à des éclaboussures ou à ces cris:

— Prenez garde! Vous allez salir mon escalier. Mon Dieu! voici vos pieds empreints sur mon plancher!

L'artiste se trouvait, pendant ces quatre jours, comme une âme en peine qui ne sait où se reposer.

Mais enfin, la consommation de sable fin eut un terme: on remit en place les balais, les frottoirs et les torchons, et maître Van-Zvaanenburg reçut cette bonne nouvelle:

— Ne vous plaignez plus! Vous pouvez, quand il vous plaira, reprendre possession de l'atelier.

— Oui-dà! croyez-vous que l'on rentre ainsi dans un atelier, sans un bon dîner au préalable?

— Vraiment! Eh bien, l'on a songé à votre bon dîner. Les conviés sont réunis, la table est mise, et la cuisinière attend vos ordres pour servir.

Celle qui parlait ainsi n'était rien moins que Louise Gerretz; elle accompagna ces paroles d'un

sourire avenant, et puis elle quitta le peintre avec
prestesse; car elle entendait dans la cuisine les
frissonnements d'une friture qui se faisaient entendre avec beaucoup d'énergie; or, un trop grand
feu aurait pu compromettre deux admirables car-
pes du Rhin, alors dans la poêle. Disons bien vite
que la jeune ménagère sut arriver à temps, et que,
grâce à des soins prompts, l'un des plus beaux
plats du dîner ne se trouva point gâté.

Sur ces entrefaites les convives arrivèrent, et
l'on se mit à table,

On ne connaît bien les joies d'un festin, sa
pompe et sa magnificence sacro-sainte, que dans
cette vaste partie de la Belgique, des Pays-Bas et
de la France, que l'on désignait sous le nom col-
lectif de Flandre, et qui s'étend depuis Cambrai
jusques aux bords du Rhin. Car, en Flandre, la
gastronomie est mieux qu'un art: c'est un culte.

Aussi, l'aspect de la longue table dressée par les
ordres de Louise, couverte d'une nappe éblouis-
sante, chargée de mets exquis, et ceinte de vingt-
deux convives, aurait égayé l'imagination la plus
chagrine, et donné de l'appétit à l estomac le plus
paresseux.

Mais, disons-le encore, au repas de maître Van-
Zvaanenburg, personne n'était triste, aucun estomac n'était paresseux; la joie brillait sur tous les
visages comme l'appétit étincelait dans tous les
regards. Quand l'artiste, placé au haut bout de

la table, eut fait le signe de la croix et dit le *bene-
dicite*, un bruyant *Amen* lui répondit ; et les as-
siettes, les cuillers, les verres et les flacons se
mirent à circuler, à tinter, à s'emplir, à se désem-
plir. Louise, placée proche du maître de la maison, veillait à ce que chacun fût servi, et répon-
dait gaîment aux questions qu'on lui adressait ;
Louise, dont une beauté plus grave avait remplacé
les grâces enfantines. Je me sers de l'expression
de beauté, quoique, à vrai dire, les traits de
Louise manquassent de régularité, et qu'on pût,
sans trop de rigueur, trouver un peu grandes les
dimensions de sa bouche ; un peu maigre le galbe
de son cou et de sa poitrine. Mais il y avait tant
de charmes dans son sourire et tant de bienveil-
lance et de bonté dans son regard ; ses cheveux
d'un blond cendré s'échappaient d'une manière
tellement ravissante de son petit chaperon flamand,
et venaient encadrer si bien deux joues pâles,
qu'en la voyant, l'épithète de belle se trouvait na-
turellement sur les lèvres. Dix ans avaient fait de
la jeune fille une femme de vingt-cinq ans, noble
et forte, comme en produit en Flandre une vie la-
borieuse, chaste et sédentaire.

Cependant on était arrivé à la fin du repas, ou
pour mieux parler, au dessert ; car, quoique les
mets solides eussent fait place depuis longtemps au
jambon salé dont la chair brune excite la soif, et
au fromage *persillé* qui fait boire, les convives ne

paraissaient pas encore disposés à quitter de si-
tôt la table.

Tout à coup, un jeune homme pâle se leva, et
prenant son verre qu'il éleva à la hauteur de sa
tête :

— A la santé de maître Van-Zvaanenburg ! s'é-
cria-t-il. Toutes les voix répondirent par des excla-
mations à ce toast.

Le peintre se leva :

— Mes enfants, dit-il, je vous remercie ; mais
il est une autre santé qu'il faut porter avant la
mienne. A la santé de l'ange qui est venu nous
apporter la consolation et le bonheur depuis dix
ans ; à la santé de ma fille adoptive et chérie ; à la
santé de Louise Gerretz !

— A la santé de Louise Gerretz ! répéta le
chœur.

— Depuis qu'elle est ici, demanda Van-Zvaanenburg, qui de nous n'a point reçu d'elle des
consolations quand le chagrin s'emparait de son
cœur ; des soins quand la maladie le frappait ; de
bonnes paroles, quand, découragé, il jetait là ses
pinceaux, en maudissant l'art et en se maudissant
lui-même ? Béni soit donc le jour, où, devenue
orpheline, elle vint parmi nous se faire notre
sœur ; où elle écouta ma voix, qui lui dit : Entrez
chez moi, devenez la maîtresse du logis, disposez
de tout, ordonnez tout, administrez tout, et même
réprimandez-moi quand j'oublierai d'essuyer mes

pieds en entrant! Dès ce jour, l'économie et le bien-être sont arrivés dans mon pauvre logis où jamais on ne les avait vus. Et sauf un voyage à faire tous les ans au moulin pour recevoir les comptes à n'en plus finir du meunier qui en est le locataire (chose ennuyeuse et des plus fatigantes), je n'ai jamais pu trouver à gronder contre elle, moi qui gronde contre tout le monde et toujours.

A la santé de Louise !

— Oui ! oui ! à la santé de Louise !

— Sans compter que bientôt, reprit le peintre en regardant avec malice un jeune homme placé près d'elle, sans compter que bientôt... Mais chut ! Louise me tire par mon pourpoint, et quand *madame J'ordonne* commande, il faut se taire.

Louise rouge, interdite et confuse, feignit de se croire nécessaire à l'office et sortit de table, au milieu du rire bienveillant et complice des convives.

Cependant le jeune homme désigné par Van-Zvaanenburg était devenu pâle ; et la sœur de Louise, Thérèse, jolie fille de seize ans, avait bien de la peine à retenir ses larmes.

C'est que maître Van-Zvaanenburg venait de faire allusion au prochain mariage de son neveu, Saturnin Vanderbeck, avec Louise Gerretz, et que depuis un mois Thérèse et Saturnin s'aimaient en secret.

Quand le peintre, dix mois auparavant, avait dit
à Saturnin : — Mon neveu, vous êtes un bon et
loyal garçon; il ne vous manque, n'est-il pas
vrai, qu'une femme pour être heureux? Saturnin
avait joyeusement répondu : — Je suis heureux,
mon oncle; mais n'importe! une femme pourrait
me rendre plus heureux encore.

— Eh bien! je veux t'en donner une devant laquelle on devrait passer à deux genoux toute sa
vie; une que je ne te donnerais pas, si j'avais
vingt ans de moins, hélas! Tu devines de qui je
veux te parler : de Louise, heureux garçon!

— Vous avez là, mon oncle, une bonne idée,
sur mon âme! Je m'étonne de n'y avoir point
songé jusqu'ici. Mon ménage sera le mieux tenu
de la ville de Leyde, et ma fabrique de draps aura
le plus actif des surveillants et des commis. A
quand la noce, mon oncle ?

— A quand la noce? Tu crois que je vais te cé-
der tout de suite celle qui fait ma joie et mon bonheur ici? Et puis, ne dirait-on pas qu'il suffit que
ce gros Flamand se présente à Louise pour qu'elle
lui fasse la révérence et qu'elle réponde : « C'est
bien de l'honneur que vous me faites, monsieur
le fabricant de draps! » Tu te marieras dans un
an, si tu sais plaire à Louise et qu'elle veuille
bien de ta main.

Louise, de même que Saturnin, n'avait jamais
songé à ce mariage; mais quand elle connut les

projets de son père adoptif, quand elle se vit l'objet des soins affectueux du jeune Flamand, elle se donna tout entière à lui, comme à l'homme à qui Dieu devait l'unir pour jamais en ce monde et dans l'autre. Sans qualités éclatantes, mais bon et sensible, Saturnin paya d'un attachement sincère la tendresse de Louise, tendresse qui prenait chaque jour plus de caractère et d'énergie : tendresse qui devint bientôt un amour violent, tel que peut seule en éprouver l'âme pure et chaste d'une vierge dont le cœur n'avait jamais battu jusque-là.

Le mariage devait bientôt se célébrer, et Louise se laissait aller aux plus doux rêves de bonheur et d'amour, lorsque sa jeune sœur Thérèse revint d'un long voyage à Bruxelles, où l'avait emmenée une tante riche, vieille et qui promettait, à condition que sa nièce ne la quitterait plus, de léguer ses biens à ses héritiers légitimes, les enfants de Jacques Gerretz. Cette tante était morte, et Thérèse, après lui avoir fermé les yeux, avait quitté Bruxelles pour revenir habiter Leyde, près de sa sœur.

Ce fut alors que Saturnin vit Thérèse, et qu'il l'aima.

En vain il se reprocha l'indignité de sa conduite ; en vain il voulut étouffer la passion impérieuse qui s'emparait de lui, un soir, il prit la main de Thérèse qui la lui laissa prendre. Dès lors, elle n'osa plus lever les yeux sur Saturnin, car elle rencontrait toujours les yeux de Satur- nin levés sur elle; dès lors, ce fut un supplice pour le pauvre jeune homme, que de se trouver près de sa fiancée Louise; que de l'entendre par- ler d'amour, de bonheur, d'avenir! Tant de con- fiance et de joie le tuait; car nul soupçon n'agi- tait le cœur de Louise : loin de là, elle se félici- tait de l'affection que Saturnin témoignait à Thé- rèse, et la candide jeune fille se laissait aller à ses beaux rêves, sans craindre le funeste réveil qui l'attendait.

Après avoir parcouru la cuisine, sans trop sa- voir ce qu'elle y venait faire; après être montée dans sa petite chambre, afin d'y retrouver un peu de calme, Louise prit le parti de descendre au jardin et de s'y promener un peu, afin de donner à ses joues le temps de perdre leur rougeur, et aux convives le temps d'oublier les paroles impruden- tes de maître Van-Zvaanenburg. D'ailleurs cette promenade convenait merveilleusement à la dis- position de ses idées, à la fois heureuses et tris- tes. Car, suivant l'expression du poëte :

Le bonheur est chose grave (1).

Elle se mit donc à errer lentement parmi les

(1) Victor Hugo.

lcngues allées du jardin, sur lequel la lune, alors dans son plein, jetait des clartés molles et mille accidents fantastiques de lumière et d'ombre. Nul bruit ne se faisait entendre ; pas même la plainte du vent, pas même le frémissement léger des feuilles jaunies qui, se détachant parfois des ar‹ bres, se balancent en tournoyant dans l'air, et viennent se poser tristement au milieu d'autres feuilles tombées.

Louise, après quelques instants de promenade, s'arrêta devant un grand chêne dont les rameaux immenses lui rappelaient les arbres qu'elle voyait, au temps de son enfance, devant la maison où sa mère était morte. Des souvenirs douloureux emplirent peu à peu son cœur, et les dernières paroles de cette mère expirante vinrent, pour ainsi dire, résonner à ses oreilles. Puis il lui sembla que la sainte femme attachait sur sa fille le regard triste et satisfait qu'elle lui avait jeté lorsque pour la première fois Louise se fit la mère de ses petites sœurs; il lui sembla que ce regard allait exiger de sa fille un nouveau sacrifice en faveur des orphelins qu'elle avait confiés à sa tendresse.

Un pressentiment cruel serra le cœur de la jeune Flamande ; on aurait dit qu'une main sans pitié la dépouillait de tout son bonheur et de tout son avenir. Elle eut peur.

Et comme elle rentrait avec précipitation, et

qu'elle traversait un grand corridor obscur, elle entendit deux voix qui chuchotaient.

Elle s'arrêta.

C'était Saturnin et Thérèse.

— Je ferai mon devoir, disait Saturnin, mais j'en mourrai. Adieu, Thérèse, adieu.

Thérèse pleurait.

CHAPITRE HUITIÈME

LOUISE.

Prenez et mangez, car ceci est mon corps,
ceci est mon sang.

ÉVANGILE SELON SAINT LUC.

Deux écoles divisaient alors la peinture, comme
presque toujours elles l'ont divisée : l'idéalité et la
réalité.

Les sectateurs de la première ne voulaient que
des formes pures et choisies dans les plus parfaites exceptions; les autres reproduisaient les objets tels qu'ils les voyaient : avec franchise, sans
flatterie.

Maître Jacques Van-Zvaanenburg appartenait à
cette dernière école; à l'école de la nature, vraie,
simple, non choisie, la nature telle qu'elle con-
vient aux âmes tristes et désenchantées ; la nature
sublime de réalité et sans les reflets d'une imagination riante et céleste. Ainsi la terre apparut à
nos premiers parents, lorsque la science du bien
et du mal eut dessillé leurs yeux. Sa poésie à lui
ne consistait pas en des formes élégantes et choisies : un ciel resplendissant de clarté, des arbres
où sur chaque feuille se reflètent magnifiquement
les rayons d'or de la lumière. Non, à ce cœur
froissé il fallait l'intérieur sombre et triste d'un
cabaret ; il fallait des buveurs oubliant la vie au
milieu des joies abrutissantes de l'ivresse; ou bien
le ciel gris de la Flandre, sa pluie froide, ses che-
mins bourbeux, et au milieu de tout cela quelque pauvre hère qui grelotte et qui marche avec
peine.

— Travaille, répétait-il à Paul Rembrandt, qui,
suivant l'usage des peintres de cette époque, avait
changé de nom, travaille, toi qui as de la foi dans
l'art et dans l'avenir. Travaille, répétait-il, lorsque, découragé lui-même, il quittait son chevalet
et jetait ses pinceaux, accablé qu'il était sous le
poids de son impuissance à exprimer ce qui brûlait son imagination et dévorait son âme. Travaille,
Paul; car c'est en toi maintenant que repose mon
génie et ma gloire. Je ne vis plus que par toi et

pour toi; je me consolerai de mon obscurité si tu deviens célèbre : tu seras mon ouvrage.

Et Paul, silencieux, retiré dans un des coins les plus solitaires et les plus obscurs de l'atelier, sans répondre à son maître, sans adresser une parole à ses camarades, sans jeter un coup d'œil sur leurs tableaux, se livrait avec une passion farouche aux travaux de son art. Sans cesse avec le misanthrope Jacques, il s'était imbu peu à peu, et d'une manière ineffaçable, des idées amères de son père adoptif. Cette tristesse profonde et ce mépris des hommes s'étaient accrus tout à coup et d'une manière plus sensible encore, et bien des contes se redisaient à cet égard dans l'atelier, parmi tous ces jeunes hommes froissés de la réserve hautaine et presque haineuse de leur camarade. La version la plus vraisemblable et la plus générale était qu'un amour méprisé donnait à Rembrandt tant de fiel et de mépris contre son prochain. Quoi qu'il en soit, on en restait aux conjectures, et à des conjectures fort incertaines.

Le mal qui dévorait Rembrandt, c'était le besoin de la gloire, mal qui pâlit un jeune front et qui consume lentement, quand il ne tue pas tout d'un coup. Son obscurité lui pesait ; semblable à un muet qui se désèspère de ne pouvoir exprimer les idées dont sa tête bouillonne, il se débattait avec rage parce qu'il n'était pas encore assez initié à l'art pour que l'art traduisît fidèlement son

4.

génie. Lorsqu'il avait terminé un tableau, il l'apportait à son maître, qui attachait sur la toile des regards attentifs et longs. Après quoi il disait à Paul :

— Enfant, vous bégayez encore.

Puis il s'éloignait sans rien ajouter de plus.

Paul Rembrandt se raidissait contre le jugement de son maître. Il l'accusait de manquer de goût et de justesse : quelquefois même il l'accusait de jalousie, quittait l'atelier, demeurait huit jours sans approcher de maître Van-Zvaanenburg et entreprenait quelque vagabonde excursion. Un beau matin, on le voyait revenir à sa place dans l'atelier, une toile neuve sur son chevalet et sa palette à la main.

Trois jours avant le dîner dont la description occupe une partie du chapitre précédent, Paul Rembrandt avait terminé un tableau durant une excursion faite à la campagne. Suivant son habitude, il était venu le montrer à son maître : c'était une vue intérieure de la maison natale de Rembrandt : une vieille et sombre cour, et une haute et large porte à voûte obscure ; tout cela avec les grands effets d'ombres que Rembrandt semble seul avoir compris ; car il les employa le premier, et personne n'a su les reproduire après lui.

Cette fois, les yeux gris de maître Van-Zvaanenburg s'animèrent, sa main trembla de joie, et il se trouva tellement ému qu'il lui fallut déposer le tableau sur la table et s'essuyer les yeux, car des armes de joie étaient venues obscurcir sa vue.

Et puis il reprit le tableau et il en fit un nouvel et silencieux examen.

Pendant cela, Paul, haletant, pâle et la tête perdue, le considérait, bouche béante, et une joie indicible au cœur.

Maître Van-Zvaanenburg posa doucement le tableau sur un chevalet.

Ensuite il déchaperonna sa tête chauve et vénérable, et il s'inclina respectueusement.

—Maître, dit-il, ce n'est plus moi qui dois commander ici, c'est vous.

Les élèves, surpris et émus de cette scène à la fois touchante et solennelle, accoururent autour du tableau de Rembrandt, et le félicitèrent avec une joie et un élan dont tout autre se serait senti ému. Mais lui, sans leur répondre, sans les remercier, toujours triste, toujours sombre, s'éloigna, et courut cacher, dans quelque lieu solitaire, ses émotions profondes, son triomphe et je ne sais quel désespoir morne.

— Il m'a compris, lui, songeait-il ; mais les autres sauront-ils me comprendre comme le vieillard ? Recevrai-je, en échange de mon génie, de la gloire, des honneurs et des richesses ? Oh ! que tout cela tarde et me brûle !

Cependant maître Van-Zvaanenburg, après avoir congédié tous ses élèves, faisait appeler auprès de lui Louise, fort empressée de la cuisson d'une magnifique oic qui devait former le lendemain le plus beau plat de son banquet. Ceinte du gros tablier de toile sacramentel, Louise entra dans l'atelier, et s'enquit de maître Jacques pour quels motifs il la mandait.

Le vieux peintre la prit par la main et la conduisit devant le tableau.

L'aspect de la maison natale émut d'abord la jeune fille.

Puis, initiée à l'appréciation des œuvres de la peinture, grâce aux perpétuels entretiens qui lui bruissaient matin et soir aux oreilles, elle témoigna, en connaisseuse, l'admiration que lui causait une œuvre si parfaite.

—Mon digne ami, ajouta-t-elle, en se penchant sur le bras de Van-Zvaanenburg, cette fois, vous ne direz plus que la cage gêne les ailes de l'aigle ; il a pris sa volée hardiment et haut : voici votre plus bel ouvrage, et qui laisse bien loin derrière lui tout ce que vous avez fait.

Jacques la regarda tristement et soupira :

— Ce tableau n'est pas de moi, Louise, il est de votre frère.

Des larmes de joie remplirent les yeux de la jeune fille, et coulèrent abondamment sur ses joues. Puis elle joignit les mains, se mit en prière, et remercia Dieu avec une effusion de cœur qui gagna le cœur froissé du peintre.

— Moi, jaloux de mon fils, de mon élève! pensa-t-il; loin! bien loin une si maudite pensée!

Il se revêtit de son manteau, fit prendre à un domestique le tableau de Paul, et sortit immédiatement, sans apprendre ses desseins à personne, pas même à Louise, qui cherchait son frère de tous côtés, pour lui sauter au cou.

Son frère ne revint que bien avant dans la nuit.

Il allait se coucher quand il entendit doucement s'ouvrir la porte de sa chambre, et qu'il vit arriver Louise, marchant avec précaution.

— Dors-tu, Paul?

— Non : mais pourquoi venir à pareille heure? Quelle si pressante affaire vous y oblige?

Elle lui prit les deux mains dans les siennes, et le regarda tendrement :

— Et ton tableau, Paul, tu ne veux donc pas que je t'en félicite?

Cette fois, le sombre Paul ne put résister aux émotions dont il se sentait agité.

— Ma sœur! ma bonne sœur! s'écria-t-il, en l'attirant à lui! Ma sœur! ma mère!

Les deux tiers de la nuit s'écoulèrent en douces confidences, en épanchements indicibles; et quand ils se séparèrent, quand Louise rentra chez elle, elle dit en terminant sa prière :

— Merci, mon Dieu, d'avoir touché le cœur de mon frère, et d'avoir pris en pitié sa tristesse! Merci de m'avoir choisie pour le consoler!

Hélas! le lendemain, Paul était retombé dans sa mélancolie.

Maître Van-Zvaanenburg n'avait point dit où il allait avec le tableau de son élève ; car il voulait lui ménager en secret une nouvelle joie et un succès nouveau. On attendait à Leyde l'un des plus riches brocanteurs de tableaux, et Van-Zvaanenburg voulait que ce brocanteur achetât et achetât chèrement l'œuvre de Paul.

Par malheur, Eustache Massark le brocanteur, mal disposé, et d'ailleurs s'y connaissant fort peu, refusa d'acheter le tableau. Cette fâcheuse nouvelle fut apportée au vieux peintre, dans l'instant même où, grâce à l'humeur communicative que lui donnait le vin, il révélait à Paul le mystère de cette négociation.

— Ils te le paieront, disait-il, ils te le paieront cent florins : pas un de moins, et ils ne l'auront pas s'ils font mine de marchander. Il y a des acheteurs et des connaisseurs à La Haye, et nous irons à La Haye. Mais voici maître Brousmiche que j'ai chargé d'aller prendre la réponse de maître Eustache Massark.

— Eh bien !

— Eh bien !... répondit Brousmiche en hésitant.

— Mais parle donc, et parle tout haut ! Pourquoi ces façons et ce mystère ? Tout le monde sait d'où tu viens : parle, et parle vite !

— Ce damné Massark ne s'y connaît pas plus

que mon soulier ferré, répliqua Brousmiche, pressé de toutes parts : il refuse cent florins du tableau.

— Et combien en offre-t-il ? demanda dédaigneusement Van-Zvaanenburg. Combien en offre maître Massark, le brocanteur de tableaux ?

Brousmiche voulut se pencher à l'oreille du peintre.

— Parle donc à voix haute, éternel cachotier, et donne-toi moins d'importance. Va donc, va donc! et bien! le Massark offre...

— Rien. Il n'en veut pas pour rien. On le lui offrirait gratis qu'il n'en voudrait point. Voilà ses propres paroles.

La face de Van-Zvaanenburg devint écarlate. Paul Rembrandt, pâle et outré, s'efforça de garder bonne contenance : quelques élèves sourirent; tous baissèrent les yeux.

— Allez dire à ce Massark qu'il est un imbécile, un cuistre, un âne...

— Mon père! mon père, calmez-vous, bégaya Paul! Et il emmena le vieillard qui ne cessa de vociférer.

— Ce vaniteux de Paul en tombera malade, murmura l'un des élèves, tandis que les deux peintres sortaient.

— Malade? il en mourra, j'en suis sûr!

— Ah! ah! cette petite leçon le rendra, je l'espère, modeste et poli!

Chacun se réjouissait ainsi de l'humiliation de Paul, car Paul avait humilié tous les amours-propres.

Louise, absorbée par ses propres douleurs, n'avait appris des événements de la soirée que leurs conséquences ; c'est-à-dire une indisposition de maître Van-Zvaanenburg et une crise nerveuse qui l'avait suivie. Le vieillard une fois couché et tombé dans un profond sommeil, elle rentra dans sa chambre, et là, elle sonda la plaie de son cœur.

Saturnin ne l'aime pas ! lui qu'elle aime de toutes les affections de son âme ! Les paroles d'amour qu'il lui disait, étaient des mensonges ! il la trompait !

Dérision ! et c'est Thérèse ! une sœur, qui se joint à l'ingrat pour tromper une pauvre fille, confiante et sans soupçons !

Eh bien ! s'ils l'ont trompée, ils porteront la peine de leur trahison ! Elle épousera Saturnin : elle sera malheureuse, mais du moins ils le seront aussi.

Elle se leva échevelée ; elle marcha sans but, en désordre, hors d'haleine, la poitrine suffoquée, les joues brûlantes.

Tout à coup elle s'arrêta devant le portrait de sa mère.

Elle sentit sa poitrine se dégonfler, et des larmes abondantes la soulagèrent.

Quand les premiers rayons du matin pénétrèrent

dans sa petite chambre, ils éclairèrent son visage
pâle, et vinrent refléter leurs rayons de pourpre
sur les mains jointes de Louise, agenouillée et
qui priait encore.

Alors, forte et résolue, elle se leva, et alla
trouver maître Van-Zvaanenburg déjà debout, et
qui se promenait, malade, triste et bourru, dans
son jardin.

— Jamais! jamais! répondit-il avec emporte-
ment aux premières paroles de Louise! jamais,
j'en fais le serment sur le salut de mon âme.

Il fallut que Louise se retirât sans avoir obtenu
ce qu'elle demandait au vieux peintre.

C'était la première fois de sa vie que semblable
chose lui arrivait; la première fois que maître
Van-Zvaanenburg prenait, à l'égard de Louise, ce
ton brusque et impérieux.

Que lui avait-elle donc demandé?

La main de Thérèse pour Saturnin.

CHAPITRE NEUVIÈME.

SACRIFICE ACCOMPLI.

Vous avez empli mon cœur d'amertume,
    Soyez heureux !
Vous m'avez blessé dans mes affections les plus saintes,
    Soyez heureux !
Vous m'avez dit *racca*, je vous bénis et je vous réponds
    Soyez heureux !

KLOPSTOK.

Lorsqu'ils arrivèrent à l'heure accoutumée, les élèves de maître Van-Zvaanenburg ne comprirent rien au changement survenu dans la maison du peintre. Tout le monde y paraissait agité et hors de sens : les deux domestiques allaient et venaient sans avoir à faire ; Louise n'était point assise à sa place ordinaire, d'où elle saluait de la tête sans quitter l'ouvrage de couture qu'elle tenait ; enfin

Thérèse surtout, la jolie Thérèse, qui ne manquait jamais de se trouver sur le passage de Saturnin, Thérèse ne paraissait pas dans l'atelier où, pour s'y glisser, elle savait, comme son amant, inventer toujours cinq ou six ingénieux motifs. Mais ce qu'il y avait de plus merveilleux, de plus inusité, de plus inouï, c'est qu'il régnait un silence profond dans cet atelier. Le pas périodique de maître Van-Zvaanenburg n'en frappait point solennellement les planches de sapin, et les quintes de sa toux sèche, les saccades brusques de sa voix grondeuse ne commandaient point l'attention et le travail à tous ces jeunes écervelés qui, réunis en groupe, devisaient entre eux, sans souci de leurs chevalets et de leurs pinceau.

Seul, Paul Gerretz ou plutôt *Rembrandt*, comme l'appelaient ses camarades, occupait sa place habituelle, et travaillait avec sa taciturnité ordinaire.

Maître Van-Zvaanenburg oubliait son atelier et ses élèves, parce que l'amour de Thérèse et de Saturnin, qui lui semblait de l'ingratitude et de la trahison, lui avait rendu, dans toute son énergie, sa vieille haine contre les hommes; haine que les consolations de Louise et le charme ineffable répandu autour d'elle étaient jusque-là parvenus à calmer et à endormir profondément. Car, depuis sept ans, en vain, il continuait à décocher des paroles amères et haineuses; cette amertume et cette

haine s'affaiblissaient de jour en jour dans son
cœur : comme la mer, elles grondaient encore
après l'orage, mais sans menace et sans dan-
ger.

Toutefois, la nouvelle des coupables amours des
jeunes insensés était venue heurter l'ancienne
blessure du peintre, et ce choc avait produit une
douleur si vive que le dévoûment de Louise, ce
dévoûment si maternel, était resté inefficace pour
amoindrir la violence du coup. Tout entier à l'in-
dignation et à des projets de châtiment, les nerfs
agacés par les fatigues du dîner et de ses liba-
tions de la veille, aigri surtout par le refus du
brocanteur Massark, qui le froissait cruellement
et comme peintre et comme ami, ce fut avec une
sorte de joie cruelle qu'il vit Saturnin traverser le
corridor de l'atelier, cherchant du regard Thérèse
absente.

— Ce n'est pas moi que vous cherchiez,
mais je vous cherchais, moi, dit-il d'un ton sévère.

Et il conduisit au fond du jardin le pauvre
jeune homme ému d'une terreur difficile à exprimer.

— Vous êtes un boutiquier, rien qu'un vil boutiquier ! Par une condescendance coupable, je
vous ai laissé pénétrer dans mon atelier, chez moi,
à toute heure. Je vous ai traité comme mon fils;
j'ai voulu votre bonheur, j'ai voulu vous confier

ce que j'avais de plus précieux au monde : un ange,
le modèle de toutes les tendresses et de toutes les
vertus. Répondez ! comment m'avez-vous payé de
tant de bienfaits, misérable ingrat ?

Saturnin tressaillit.

— Oui, ingrat ! je le répète. Ingrat misérable
et vil ; ingrat qui séduit la fille adoptive de son
ami et la sœur de sa fiancée ; qui veut déshonorer
l'une, et qui jette l'autre dans les larmes !

Écoutez-moi bien, Saturnin, écoutez-moi : entre
nous deux, il n'y a plus rien de commun. Je vous
chasse de ma maison ; je vous en interdis l'entrée
pour toujours. Insensé que je suis, d'avoir oublié
la cruelle expérience de ma jeunesse ! insensé d'a-
voir cru à la probité d'un homme ! — Allez, et ne
reparaissez jamais en ma présence.

Saturnin, écrasé, tomba faible et suppliant aux
genoux de Van-Zvaanenburg.

— Oh ! ne me dites point de telles paroles ; ne
me les dites point. Je suis bien coupable, mais
ma faute n'est point irréparable. Louise ne sait
point mon fatal secret, et toute ma vie...

— Oui, n'est-ce pas, vous la tromperez ; vous
lui direz que vous l'aimez. Misérable ! crois-tu
donc qu'elle serait dupe de tes froids mensonges ?
que son cœur aimant, que sa tendresse clairvoyante
se méprendrait à une comédie que tu ne saurais
point continuer d'ailleurs. Ta faute est immense
et sans remède. Tu as beau maintenant te re-

pentir, et te désespérer, il est trop tard. Elle sait tout.

Sors donc de ma présence, et sois maudit!

Et il se retira agité par une émotion extrême, et sans savoir où il allait.

— Maître Van-Zvaanenburg! écoutez-moi donc! Que diable! où courez-vous comme cela? Je vous apporte de bonnes nouvelles, cria le vieux Brous-miche qui entrait.

— Laissez-moi, je n'ai point le temps de vous écouter.

— Pardieu! vous m'écouterez cependant..... Maître Vanvoustoodt, ce fameux brocanteur de tableaux qui habite La Haye, vient d'arriver à Leyde.

— C'est un sot comme Massark! Au diable!

— Pas si sot, car il vient de m'offrir cent cinquante florins du tableau de Rembrandt.

— La figure de Van-Zvaanenburg s'épanouit, et il ne resta pas de colère dans son cœur; il oublia tout, tout pour se livrer à la joie du succès de son élève.

Il prit la bourse des mains de Brousmiche, courut dans l'atelier; et sans prendre garde que personne ne se trouvait à l'ouvrage, il vint éparpiller les pièces d'or aux pieds de Rembrandt; les pièces d'or qui rebondirent et tintèrent sur le parquet, avec une merveilleuse mélodie.

Les yeux de Rembrandt étincelèrent d'un éclat

fauve, et ses mains se tendirent vers l'or. Il réprima vivement ce mouvement instinctif, et se
contenta de rassembler avec le pied les pièces
éparses çà et là.

— Merci, maître, dit-il ensuite avec froideur, et
il se remit au travail.

Mais en vain, car sa main tremblait, un feu in-
connu brûlait son front, et ses regards se détour-
naient de dessus la toile pour venir se vautrer
furtivement sur cet or dont le tintement agi-
tait les nerfs du jeune homme d'une impres-
sion inexplicable et nouvelle. Ce n'était ni les
plaisirs, ni le bien-être que cet or devait lui pro-
curer qui agitaient ainsi Rembrandt : non. C'était
une espèce de joie douloureuse, un instinct qui
se révélait tout à coup en lui, comme l'instinct
d'un jeune tigre, nourri de lait dans une cage, se
révèle tout à coup à l'aspect d'une proie vivante.
Sans la présence de maître Van-Zvaanenburg, il
se serait levé; il aurait baigné ses mains dans l'or,
il se serait enivré du son incisif dont une seule
secousse avait agacé si puissamment ses nerfs; il
aurait baisé l'or, il l'aurait emporté furtivement
pour l'enfermer sous une triple serrure; pour le
posséder en sûreté; pour s'en occuper sans
cesse; et dans la crainte de le perdre, pour y
veiller comme on veille à son bonheur, à sa vie,
à son âme.

Mais un témoin était là : Rembrandt se fit vio-

lence et sut contenir les mouvements impétueux
qui l'étouffaient.

Il resta donc calme et impassible en apparence.

— Tudieu! mon enfant, comme tu dédaignes
l'or, reprit maître Van-Zvaanenburg en remettant
les florins dans le sac. Je vais aller voir si Louise
a pour lui la même insouciance.

Et avec une joie d'enfant, il courut dans la chambre de Louise.

En la voyant pâle et faible, il se ressouvint, et
il s'arrêta tout court.

Louise voulut lui sourire, mais ses sanglots
éclatèrent, tandis qu'elle cachait son visage dans
le sein de son vieil ami.

— Allons, dit-elle, en essuyant ses larmes; allons, tout cela est de la faiblesse et de la folie!
Voyons, quelle bonne nouvelle m'apportez-vous?
Un sac plein d'or? Le prix du tableau de Paul? Je
vois cela dans vos yeux. Que je suis heureuse!
que je suis contente!

Un frisson glacé passait dans tous ses membres,
et contractait ses joues tachées de rouge. Elle
souriait d'un sourire qui faisait mal à voir; elle
étouffait, et il lui fallut aller ouvrir une petite fenêtre, afin de respirer plus à l'aise.

— Mon père, dit-elle, lorsqu'elle eut repris un
peu de force : vous le voyez, je suis forte et résignée maintenant. Au lieu d'une seule, ne rendez

5.

pas trois personnes malheureuses; consentez au mariage de Saturnin avec Thérèse; avec Thérèse dont je dois être la mère.

— Faites ce que vous voudrez, Louise; car vous êtes si noble et si sainte que je ne puis que vous admirer.

— Eh bien! tandis que je monte chez Thérèse pour la préparer, vous, mon père, allez chercher Saturnin et amenez-le ici.

Maître Van-Zvaanenburg obéit.

Quand Louise entra dans la chambre de sa sœur, Thérèse, appuyée sur une table, et le visage couvert de ses deux mains, se livrait à une profonde tristesse. Louise vint s'asseoir doucement près d'elle.

— Mon enfant, lui dit-elle, pourquoi cette tristesse sombre? pourquoi ce chagrin où vous êtes?

Thérèse tressaillit et baissa les yeux.

— N'avez-vous plus de confiance en moi? ne suis-je plus votre sœur? ne suis-je plus votre mère?

— Vous ai-je donné le droit de douter de ma tendresse et de ma reconnaissance? répliqua Thérèse avec un peu d'aigreur; car le chagrin aigrit et rend moins bon.

Louise prit la main de sa sœur.

— Thérèse, notre père adoptif voulait me marier, vous le savez.

— Oui, je le sais, et je me réjouis de ce mariage.

Quelle joie... Ses lèvres blanches et convulsives pouvaient à peine articuler des mots confus.

— J'ai réfléchi beaucoup à ce projet, et je crains qu'il ne fasse ni mon bonheur, ni celui de Saturnin.

Thérèse regarda Louise d'un air de défiance.

— Maître Van-Zvaanenburg est habitué à mes soins; Paul, notre frère, avec son insouciance d'artiste et son caractère un peu farouche, les réclame également: moi-même...

Elle voulait dire qu'elle aurait vu ce mariage sans joie... Mais elle ne put prononcer de telles paroles; la voix lui manqua.

— J'ai donc formé d'autres 'projets, Thérèse.

Thérèse écouta religieusement.

— Ces projets te concernent un peu!

— Moi, Louise?

— Toi, mon enfant. Si je n'épouse point Saturnin, tu peux l'épouser, toi...

— Ma sœur... ma sœur... ne me dites point de telles paroles, vous me feriez mourir, s'écria Thérèse à genoux devant sa sœur.

— Calme-toi, mon enfant, et crois-en mes paroles. Tu seras la femme de Saturnin.

— Mais non, cela n'est point possible ! je n'accepterai point un semblable sacrifice ! Vous aimez

Saturnin. Non, ma sœur, non, je ne le puis. O mon Dieu ! mon Dieu !

En ce moment, maître Van-Zvaanenburg parut avec Saturnin, les yeux baissés.

Louise lui fit signe d'avancer près de Thérèse.

Et tandis que les deux amants, les mains enlacées, se regardaient avec des larmes et avec des sourires à travers leurs larmes :

— Qu'elle soit heureuse ! dit Louise d'une voix profondément émue.

Le vieux peintre la regardait avec une admiration mêlée de pitié.

— Ma fille ! mon enfant ! murmura-t-il en lui tendant la main.

Elle lui donna la sienne, la sienne qui était humide et froide.

Il l'étreignit longuement.

— Mon Dieu, pensa-t-il, pardonnez-moi d'avoir pu douter de la vertu.

CHAPITRE DIXIÈME.

LA MÊME JUSQU'AU BOUT.

— Seigneur, je vous prie, rendez-moi possible, par le secours de votre grâce, tout ce qui me semble impossible par les seules forces de la nature.

— La vie de Jésus-Christ est la voie que nous devons suivre, et la patience nous conduit à la couronne des élus.

— Depuis l'heure de ma naissance jusqu'au dernier soupir de ma vie, je n'ai jamais été sans souffrir quelque douleur.

Imitation de Jésus-Christ.

Maintenant, c'est vingt années qu'il faut laisser écouler.

Vingt années, espace rapide et plein de lenteur, qui paraît une éternité dans l'avenir et un rêve dans le passé !

Vingt années, durant lesquelles deux événements graves et douloureux sont venus frapper le cœur de Louise, et porter du trouble dans sa vie de calme et de résignation.

Je veux parler de la mort de maître Van-Zvaanenburg et du mariage de Rembrandt.

La mort du vieux peintre arriva six ans après le mariage de Thérèse et de Saturnin. Il était allé les visiter avec Louise; Louise qui trouvait dans le bonheur des deux époux le prix de sa courageuse abnégation d'elle-même, et dont le temps, cette consolation à toutes les douleurs, avait fait dégénérer la tristesse en une douce mélancolie.

Après le dîner, maître Van-Zvaanenburg s'endormit suivant l'habitude de sieste qu'il avait contractée. Quand on voulut le réveiller, il n'était plus. Il passa paisiblement ainsi de l'existence dans l'éternité; sans douleur, et comme un ange qui, après avoir subi sur la terre son temps d'expiation et de souffrance, s'en retourne doucement au ciel d'où la volonté céleste l'avait exilé.

Le mariage de Rembrandt arriva peu après, et acheva de jeter Louise dans l'isolement. Voici comment cela se fit: un beau matin, Rembrandt amena dans la maison que dirigeait Louise une paysanne jeune et jolie.

— Sœur, dit-il, voilà ma femme.

Et Louise eut bientôt une rivale redoutable et jalouse dans les soins du ménage et dans l'affection de son frère.

Après trois années de patience, Louise dut quit-

ter en pleurant la maison de Rembrandt pour aller
demeurer seule, dans une petite habitation qu'elle
s'acheta, vers la partie la plus solitaire des fau-
bourgs de Leyde. La prière, le travail, et de fré-
quentes visites à Thérèse et à Saturnin occupaient
ses journées, dont elle supportait avec résignation le vide et la lenteur.

Sur ces entrefaites, tout à coup et sans prendre
congé de Louise, sans lui dire adieu, sans l'em-
brasser, Rembrandt quitta Leyde et s'en fut demeurer à Amsterdam, où il demeura dix-sept ans
sans écrire une seule fois à sa sœur.

Après ce long terme d'oubli et d'injustice, un
jour, Louise reçut une lettre dont l'écriture la fit
tressaillir :

« Sœur, ma femme est trépassée, mon fils est
« en voyage, je suis seul.

« PAUL REMBRANDT. »

Le lendemain, Louise, après avoir embrassé
Thérèse et son mari, montait en voiture, et prenait la route d'Amsterdam.

La voiture arriva dans cette ville, comme la nuit
commençait à paraître. Après avoir parcouru les
quartiers les plus riches et les plus élégants, elle
se dirigea vers des rues sombres, humides et mal-
propres, et que, la plupart, habitaient des juifs.

Au fond de l'une de ces rues se trouvait une maison basse et sombre, précédée d'un mur de dix à douze pieds, et que perçait une petite porte sous laquelle un homme pouvait à peine passer sans incliner la tête.

Cette porte introduisait dans une cour étroite, où faisaient la garde deux énormes dogues, enchaînés au bas d'un perron de pierre. Sur ce perron se trouvait un homme vieux, d'une figure médiocrement avenante et que l'on aurait pu prendre pour un argentier juif, prêteur à la petite semaine.

C'était Rembrandt.

Sa sœur, quand elle descendit de voiture, eut peine à le reconnaître, et Rembrandt, froid et sombre comme au temps de sa jeunesse, reçut les tendres caresses de Louise, non pas avec indifférence, mais avec tristesse. Ensuite il lui prit la main, et la conduisit silencieusement par toute la maison, dont l'aspect noir, pauvre et disgracieux n'était propre qu'à décourager.

Cette visite terminée, il mena Louise vers une chambre qui n'était guère plus avenante et dans le foyer de laquelle brûlaient à demi des tourbes, sans flamme et avec une odeur forte et nauséabonde.

Prenant un grand fauteuil, il l'offrit à Louise et s'assit devant elle.

— Sœur, lui dit-il, vous sentez-vous le courage d'habiter ce triste logis? d'y vivre seule avec moi?

de n'y recevoir que la visite de juifs et de mar-
chands d'argent ? Vous en sentez-vous, sœur, le
courage ?

— Mon frère, si je puis vous rendre heureux...

— Heureux ? moi, reprit Rembrandt. Heureux !
croyez-vous qu'il y ait du bonheur pour l'homme
qui n'a plus qu'une croyance funeste et maudite :
l'or ; pour l'homme qui a vu s'évanouir toutes ses
illusions ? J'ai aimé la gloire ; et je n'ai trouvé que
du dégoût sous la gloire, car je n'ai jamais res-
senti la joie du triomphe, et j'ai été cruellement
abreuvé par l'amertume des haines et des jalou-
sies. L'amour !... J'ai aimé une fois en ma vie. Je
me suis dit : elle est pauvre, sans éducation, sans
famille, elle tiendra tout de moi, et par reconnaissance, elle me donnera du bonheur. (Ce vieux
fou de Van-Zvaanenburg, ce misanthrope incom-
plet, m'avait laissé croire à la reconnaissance !...)
Une fois dans ma maison, l'humble paysanne devient altière ; elle commande, bouleverse, et dispose
de tout ; elle me froisse, elle me heurte, elle ré-
plique à mes ordres par des menaces, à mes menaces par des insultes ; enfin elle fait de ma vie un
enfer.

Mon fils ? Mon fils, il convoite mon héritage, il
contracte des dettes qu'il s'engage à payer après
ma mort, et met en avant des prétextes sans fin,
pour obtenir la permission de voyager et de s'éloigner de moi ! Son père le gêne et l'ennuie.

Elle est morte; il est parti... J'ai voulu vivre seul : mais la solitude m'a été à charge. Au milieu de cet isolement, j'ai senti le besoin d'un appui, et je l'ai vu avec désespoir, dans mon cœur que je croyais si bien desséché, il reste encore un besoin d'affection. Alors j'ai pensé à vous, Louise, à vous, ange sublime de tendresse, et dont toute la vie n'a été qu'un long dévoûment. Oui, Louise, j'en suis sûr, vous supporterez les caprices de mon humeur bizarre, et au milieu de mes colères injustes, de mes manies bourrues, vous distinguerez la douleur mystérieuse d'une âme à part, et à qui Dieu fait expier la supériorité qu'il lui a donnée. Quand vous me verrez amasser de l'or et tout faire pour de l'or, vous comprendrez cette passion insensée qui enivre, mais qui empêche du moins de sentir; vous n'aurez point de mépris pour l'avare, vous aurez de la pitié.

Pitié, oui, Louise, car on prend pitié du malheureux qui n'a d'autres ressources pour oublier ses souffrances que l'ivresse et son abrutissement; on s'arrête pour le relever, lorsqu'il gît dans le ruisseau; on ne dédaigne pas de le reporter à son logis, et l'on se dit : Pauvre malheureux! c'est toute sa joie, il ne faut point la lui reprocher. Eh bien! moi aussi, Louise, j'ai voulu avoir recours à l'abrutissement de l'ivresse; mais mon corps souffrait, sans que ma raison disparût. Il n'y a que l'or, voyez-vous, l'or avec ses tintements vo-

luptueux, avec ses tas sur lesquels rayonnent si
victorieusement les gerbes de la lumière, que
l'on dirait que ces reflets réchauffent le cœur; il
n'y a que l'or pour produire sur ma tête une im-
pression énergique qui suspende mes douleurs.
Alors j'ai voulu de l'or, et tout m'a été bon pour
en acquérir. J'ai fait couvrir d'or mes tableaux
par ceux qui voulaient les acheter, et je me suis
mis à travailler jour et nuit sans relâche, pour
produire des tableaux..... L'argent que l'on me
demande à prêter, je ne le prête pas, je le vends...
Si bien que je suis riche, immensément riche.
Personne ne le sait ici, car on me volerait. Non,
personne ne le sait; mais toi, tu le sauras, Louise,
et tu verras mes trésors. Nous irons ensemble
dans le lieu où ils sont; les portes que moi seul
j'en fais tourner, tourneront sous ta main; et tu
compteras, non pas un seul, mais des centaines
de tonneaux d'or. Ah! ah! on me croit pauvre,
ici, parce que je porte un vieux pourpoint, et
que je travaille comme le dernier des mercenaires.
Ah! ah! ah! cent vingt tonneaux d'or, Louise,
cent vingt tonneaux où l'on peut baigner ses
mains et ses bras jusqu'au coude; que l'on peut
renverser à ses pieds, et d'où coulent des flots
d'or, qui chantent une musique, oh! Louise, une
musique dont les concerts les plus parfaits n'ap-
prochent point..... Et se dire : tout cela est à moi,
à moi seul! Ils se tuent, ils se vendent corps et

âme pour avoir de quoi s'acheter du luxe et des plaisirs ; moi, j'ai là de quoi les acheter tous, de quoi satisfaire des caprices de roi, et je ne le veux pas... J'aime mieux garder mon or ; Louise, j'aime mieux le garder.

Tu me considères comme un insensé! Oui, je suis un insensé ; je suis un fou, un égoïste ; mais est-ce ma faute, Louise? Sans cette femme qui m'a écrasé le cœur, et qui m'a fait souffrir, durant vingt années, toutes les tortures imaginables; sans cette femme, que j'aimais avec passion et à qui j'avais dit : Rends-moi heureux, je ne serais pas ainsi. Si je ne t'avais pas quittée, Louise, si tu étais toujours restée près de moi, je serais encore bon, et je ne me livrerais pas sans frein à une passion monstrueuse..... Mais j'ai tant souffert! je souffre tant! si tu pouvais le savoir; oh! tu aurais bien pitié de moi.

Louise pleurait.

— Merci de vos larmes, ma sœur, merci ; car elles me font du bien, car elles me consolent. Voici bien longtemps que je n'ai révélé de la sorte mes souffrances à un regard ami.

Rembrandt se tut, et ne reparla plus de la soirée.

Le lendemain matin, Louise avait pris la direction du ménage de son frère et jusqu'à la mort de l'artiste célèbre, elle se consacra chez lui, avec un zèle silencieux et dévoué, aux devoirs domestiques les plus pénibles. Jamais une plainte, jamais la pensée d'un murmure ne s'élevèrent dans son esprit; jamais elle n'eut un regret de ce qu'elle avait entrepris, malgré la dureté de Rembrandt et ses injustices.

Ainsi huit années de dévoûment et d'abnégation s'écoulèrent encore pour elle; huit années durant lesquelles ni sa patience, ni sa tendresse pour son frère ne se démentirent un instant. Comme ces filles saintes, initiées par Vincent de Paul aux mystères d'une charité sublime, et que ni les cris du malade, ni l'aspect horrible de ses plaies ne découragent, la sœur de Rembrandt trouvait toujours un baume pour les douleurs de son frère, une consolation pour ses plaintes. Hélas! et ce n'était point cependant des plaies du corps qu'elle avait à panser, elle; c'était des maux de l'âme, mille fois plus effrayants. N'importe! Semblable au chien fidèle couché aux pieds de son maître, et qui attache constamment ses regards sur lui, elle restait toujours là, prête à venir à son aide, prête à lui rendre les services les plus rebutants; et elle ne s'éloignait ni pour une parole amère, ni pour une fougue d'emportements.

— Pauvre frère, se disait-elle, qu'il est à plaindre, et quelle est donc sa souffrance, puisqu'il peut me parler de cette manière!

Néanmoins, malgré ces étrangetés de caractère, et cette bizarre misanthropie, jamais le talent de

Rembrandt n'avait été plus sublime et plus admirable. « Il semble, dit *Descamps*, en parlant des ouvrages du peintre flamand, il semble qu'il eût inventé l'art, s'il n'avait pas été trouvé : il s'était fait des règles et une pratique sûre de la couleur, de son mélange et des effets de ses différents tons. Il aimait les grandes oppositions de la lumière aux ombres : il en poussa loin l'intelligence. Pour l'acquérir, on croit qu'entre autres tentatives, celle-ci lui avait le plus réussi : son atelier était disposé de façon que, d'ailleurs assez sombre, il ne recevait la grande lumière que par un trou, comme dans la chambre noire; ce rayon vif frappait, au gré de l'artiste, sur l'endroit qu'il voulait éclairer. Quand, au contraire, il voulait ses fonds clairs, il passait derrière son modèle une toile de la couleur du fond qu'il jugeait convenable. Cette toile était participante du même rayon qui éclairait la tête et marquait sensiblement la dégradation, que le peintre augmentait suivant ses principes.

« *Rembrandt* ébauchait ses portraits avec précision et une fonte de couleur qui lui était particulière; il revenait sur cette préparation avec des touches de vigueur, il chargeait les lumières d'épaisseurs si considérables, qu'il semblait plutôt avoir voulu modeler que peindre. On cite de lui une tête où le nez était presque autant saillant que celui qu'il copiait d'après nature : cette façon de faire le portrait n'était pas du goût de tout le monde. *Rembrandt* s'en embarrassa fort peu ; il dit un jour à quelqu'un qui approchait de fort près pour voir ce qu'il peignait, *qu'un tableau n'était pas fait pour être flairé, et que l'odeur de la couleur n'était pas saine.* Ses portraits étaient d'une ressemblance parfaite : il saisissait le caractère de chaque physionomie. La nature n'était point embellie, mais si vraiment, si simplement et si fidèlement imitée, qu'il semblait que ses têtes s'animassent et sortissent de la toile.

« La façon de faire de *Rembrandt* est une espèce de magie. Personne n'a plus connu que lui les effets des différentes couleurs entre elles, n'a mieux distingué celles qui sont amies, d'avec celles qui ne se conviennent pas. Il plaçait chaque ton en sa place, avec tant de justesse et d'harmonie, qu'il n'était pas obligé de les mêler et d'en perdre la fleur et la fraîcheur. Il préférait de les glacer de quelques tons qu'il glissait artistement par-dessus pour lier les passages des lumières et des ombres, et pour adoucir des couleurs crues ou trop brillantes. Tout est chaud dans ses ouvrages. Il a su, par une entente admirable du clair-obscur, produire presque toujours des effets éclatants dans tous ses tableaux.

« Comme graveur, Rembrandt, au déclin de sa vie, n'excellait pas moins. Chaque trait de sa pointe était spirituel et représentait la touche de son pinceau. On ne pouvait mieux réussir à rendre les effets du clair-obscur : une pointe légère et badine traçait ses traits et ses hachures ; mais avec goût et un air de facilité qui porte à croire qu'il faisait ce travail fort vite et sans beaucoup de peine. *Rembrandt* ne ressemble à aucun des autres graveurs ; les uns se sont distingués par la finesse des tailles couchées les unes près des autres, sans les croiser, en marquant les ombres par des touches ressenties ; le mérite des autres a été d'ombrer en doublant et quadruplant très-distinctement les tailles croisées les unes sur les autres. Les *Bloemaert*, les *Andran*, les *Le Bas*, les *Cochin*, etc., ces excellents maîtres effacent *Rembrandt* par l'arrangement de leurs tailles, par la propreté de leur burin. *Rembrandt* seul a su se passer de ce travail ; il avait l'art d'empâter et de glacer avec la pointe sèche, de faire des teintes : l'effet d'un beau tout ensemble était son but, et il y est parvenu.

« *Rembrandt* n'a jamais voulu graver devant personne ; son secret était un trésor, et il était avare. On n'a jamais deviné de quelle manière il commençait et il finissait ses planches. »

Cependant, les facultés de Rembrandt s'affaiblissaient de plus en plus, et il ne quittait pas la chambre. Bientôt il lui fallut s'aliter et il en témoigna un chagrin profond qui redoubla, durant huit jours, sa taciturnité ; au bout de ce terme, une nuit que sa sœur dormait dans un fauteuil, près de lui, il l'appela d'une voix plus douce que de coutume. Elle se leva aussitôt, et accourut à lui avec empressement.

— Sœur, lui dit-il, je vais mourir bientôt; mais je voudrais te demander une grâce, ne me la refuse point.

— Laquelle donc, mon frère?

— Ne me la refuse point, ou tu me mettrais au désespoir. Lève la trappe qui se trouve à côté de mon lit, que je puisse encore revoir une fois mon trésor.

Louise fit ce que désirait le malade. Quand la trappe fut ouverte, quand les lueurs de la lampe vinrent reluire au fond de la cave, et faire étinceler les monnaies d'or de mille façons différentes, le visage de Rembrandt s'illumina, ses yeux s'emplirent de larmes; il étendit les mains; il balbutia des mots inintelligibles. Une mère prête à quitter ses enfants ne dirait point des mots plus touchants et plus tendres.

— Adieu, murmurait-il de sa voix défaillante; adieu, ma vie et mon âme! Adieu, pour toujours adieu! Oh! quoi! il faut vous quitter, vous perdre. Ne plus vous posséder!... Louise, je veux que l'on m'enterre là. Tu ne diras à personne que je suis mort. Tu ne diras à personne que tous mes trésors sont là; — pas même à mon fils. C'est un ingrat qui m'oublie dans ses voyages! C'est un

6

prodigue qui les dissiperait. Fais ce que te demande ton frère au lit de la mort, Louise, et je te
bénirai, et je prierai pour toi dans le ciel.

Et il pleurait, et il sanglotait, et il voulait se
lever et aller à son trésor; jamais douleur ne fut
plus expressive, jamais désespoir plus effrayant.

Un long évanouissement suivit cette scène
étrange.

Mais quand Rembrandt revint à lui, un changement inexprimable s'était opéré dans tous ses
traits : son visage brillait d'une majesté solennelle;
la mort, en cet instant suprême, avait déjà débar-
rassé l'âme de l'artiste de toute fange terrestre,
et la faisait apparaître dans sa grandeur sublime.

— Louise, dit-il, mes yeux s'ouvrent à une
lumière céleste et nouvelle, que j'avais souvent
rêvée dans les pensées mystérieuses de mon cœur,
et vers laquelle tendaient tous mes désirs. Elle
comble le vide perpétuel qui me faisait tant souffrir; elle m'inonde d'une plénitude de bonheur
dont j'avais soif, et que rien ne me donnait. La
vie et ses misères, les passions humaines, tout
cela reste à mes pieds, petit, mesquin et impuis-
sant, comme les fers brisés d'un esclave... Car
Dieu et l'éternité sont là, devant moi; car un rayon
céleste enveloppe ma tête d'une auréole qu'elle a
déjà portée, où et quand? je ne le sais. Les anges
m'appellent et me crient : « Frère! » Oh! laisse-
moi les aller rejoindre; laisse-moi les aller re-

joindre, et je demanderai à Dieu que tu me suives bientôt... Anges, mes frères, me voici : je retourne au ciel.

Son corps retomba; Louise ne tenait plus que la main d'un cadavre.

Deux mois après, lorsqu'elle eut remis au fils de Rembrandt, revenu d'Italie, l'héritage de son père, Louise, l'octogénaire Louise entreprit le voyage de Leyde pour revoir sa sœur Thérèse tombée malade, qui réclamait ses soins et qu'elle n'avait revue que deux fois depuis dix ans; car, songeait-elle, Thérèse est mariée, et je ne lui suis pas indispensable, tandis que si je quittais mon pauvre frère, seulement un mois, que deviendrait-il?

Ses forces trahirent cette fois son courage.

Elle mourut en chemin.

CHAPITRE ONZIÈME ET DERNIER.

LA FIN.

A douze lieues environ d'Amsterdam, sur la route de Leyde, on rencontre les ruines d'une église, que les guerres et les révolutions ont à demi détruite, et dont il ne reste plus debout que le clocher et les murs du cimetière.

A l'un des côtés de ce mur, se trouve fixée une épitaphe en marbre noir, sur laquelle on lit l'inscription suivante :

CY GIST

LOUISE GERRETZ

TRÉPASSÉE A L'ASGE DE NONANTE TROYS ANS

En ce villaige où elle voyaigeoit.

**Administrée des Sacrements de notre Mère
la Sainte Église.**

UN DE PROFUNDIS

S. V. P.

Pour le repos de son Ame.

REQUIESCAT IN PACE.

Un coup de fusil, tiré sans doute durant les dernières guerres de Hollande, a brisé la pierre tumulaire, sans interrompre toutefois la légende qu'on vient de lire.

Peu de curieux visitent ces ruines, et nul de ceux que le hasard y conduit ne soupçonne quels furént le dévoûment et la tendresse de la femme inconnue dont les restes sont là.

Qu'importe cet oubli des hommes?

N'est-il pas écrit au livre divin :

Ceux qui ont soutenu et consolé sur la terre, seront soutenus et consolés dans le ciel.

Bienheureux ceux qui sont doux, parce qu'ils posséderont l'éternité.

Bienheureux ceux qui ont le cœur pur, parce qu'ils verront Dieu.

Bienheureux ceux qui pleurent, parce qu'ils seront consolés.

FIN.

Imprimé par Charles Noblet, rue Soufflot, 18.

Paris. — Imp. Walder, ruĕ Bonaparte, 44.